I BRYNU GWASGOD GOCH

I Brynu Gwasgod Goch

JANICE JONES

ISBN 978-1-907424-87-8

Cyhoeddwyd gyda chymorth ariannol
Cyngor Llyfrau Cymru.

Cyhoeddwyd ac argraffwyd gan
Gwasg y Bwthyn, Caernarfon
gwasgybwthyn@btconnect.com

Er Cof

am

Mam a Nhad

DIOLCHIADAU

Ymgeisiodd drafft cynnar o'r nofel hon yng nghystadleuaeth y Fedal Ryddiaith dro bach yn ôl – bu'r profiad yn ormod iddi a bu'n gorweddian mewn stafell dywyll am sbelan wedi hynny.

Diolch i Wasg y Bwthyn am y cyfle i'w dadebru.

Diolch arbennig i Marred, ac i Dylan, am eu sylwadau a'u hawgrymiadau gwerthfawr.

Diolch i bawb fu'n gefnogol, ac yn enwedig i 'griw Caban'.

Diolch i Olwen Fowler am ddylunio'r clawr trawiadol.

Ceiliog bach y dandi
Yn crio drwy y nos
Eisiau benthyg ceiniog
I brynu gwasgod goch.[1]

Charity shops are facing increased demand from both ends of the spectrum. The rising cost of living and the economic downturn have meant the public increasingly depend on them for goods while charities need stores more as a stable source of income amid funding cuts.[2]

It's the same the whole world over,
It's the poor wot gets the blame,
It's the rich wot gets the gravy.
Ain't it all a bleedin' shame?[3]

1. pennill cyntaf hwiangerdd draddodiadol
2. http://www.theguardian.com/voluntary-sector-network/2014/mar/22/what-is-the-future-charity-shops
3. pennill o 'She was poor but she was honest', cân fyddai'n cael ei chanu gan filwyr yn ystod y Rhyfel Byd Cyntaf

CYMERIADAU

ROBAT JONES
Sgwennwr o fri, yn ei farn ei hun, os nad neb arall

SHIRLEY
Gwraig Robat a rheolwraig siop elusen

HAF
Perchen dwy ffrog briodas a chyfrannydd i'r siop

ALUN
Deilydd gradd anrhydedd dosbarth cyntaf mewn celfyddydau
perfformio a ffiws fer, a gwirfoddolwr yn y siop

BETI
Yn lwcus o'i chymharu â llawer a gwirfoddolwraig yn y siop

TREFOR A DIANE
Cyn-berchennog iard nwyddau adeiladu a'i wraig, cwsmer yn y
siop, sy ddim yn barod i'w rhoi allan i bori

EIRLYS
Partner parod i Rebus, gwerthwraig Kleeneze, a chwsmer yn y siop

GRIFF A RHIAN
Cyn-weithiwr i Trefor, bellach yn yrrwr fan sy'n cyflenwi nwyddau
i'r siop, a'i wraig sy'n nyrs gymwysedig

EMMA A TOM
Cyn-berchnogion siop ddodrefn, lojars yn nhŷ rhieni Tom a
chwsmeriaid yn y siop

DINESH
Deilydd gradd dosbarth cyntaf mewn archaeoleg a gwirfoddolwr
yn y siop

ANN
Cyn brif dylwythen deg Ysgol y Plas a dirprwy reolwraig y siop

Dyddlyfr Robat Jones

– sgwennwr o fri, yn ei farn ei hun,
os nad neb arall

'Jyst y peth i chi.' Dyna ddwedodd y ferch yn y lle dôl. Neu'r Ganolfan Waith neu'r Siop Swyddi neu Jobcentre Plus – *plus* be dwedwch? Caffi? Siop trin gwallt? *Brothel*? Neu beth bynnag arall maen nhw'n galw'r twll tin byd o le dyddiau 'ma.

Tasach chi'n credu bob dim mae'r Toris uffar 'ma'n ei ddweud trwy gyfrwng yr hen Huw a'i gyd-gyflwynwyr ar y newyddion, mi fyddech chi'n meddwl bod pob copa walltog yn y wlad bellach efo sleifar o job dda a chyflog gwell – 'upturn in the economy', wir. Oes, yn Llundain a de Lloegr, ella, ond mewn ardal fel hon lle roedd y 'boom' wedi atseinio fel rhech pry bach ym mywydau'r mwyafrif, 'bust' ydi hi, y bu hi ers tro byd, ac y bydd hi am byth, hyd y gwela i. Ac mae gen i lawar mwy na hynna i'w ddweud am y peth hefyd. Ond, gan gymryd eich bod ar bigau'r drain i gael gwybod be ddigwyddodd yn y twll tin byd . . .

Oherwydd 'mod i wedi bod allan o waith yn swyddogol am fwy na chwe mis – a choeliwch chi fi, roedd hi wedi bod yn llawar iawn mwy na chwe mis ers i mi gael unrhyw waith gwerth sôn amdano – ta waeth, oherwydd 'mod i wedi bod yn seinio 'mlaen ers chwe mis a rhagor, roedd y wlad, gan amlygu haelioni twymgalon di-ben-draw, wedi penderfynu talu i mi fynd Ar Gwrs. Wel, galwch fi'n anniolchgar os leciwch chi, ond fedra i ddim dweud yn onast 'mod i wedi mopio'n wirion efo'r syniad. Wedi'r cyfan, roedd y diawliaid wedi 'ngyrru i ar gyrsiau eraill – rhai sbesial i bŵr dabs fel fi oedd yn ddi-waith a thros hannar cant. Ac fel bonws, unwaith rydach chi'n cael eich gyrru ar gwrs felly, rydach chi'n cael cynghorydd sbesial hefyd – roedd f'un i dros hannar cant ei hun ac yn amlwg yn mynd trwy'r mosiwns ac yno oherwydd na fedrai gael bachiad yn unman arall. A phan aeth hwnnw ar ei wyliau – neu ella 'na wedi colli'r awydd i fyw oedd o, synnwn i ddim – mi gefais sesiwn ddi-fudd ar y naw efo rhyw foi ifanc oedd yn amlwg o'r farn y dylen ni hen gojars oedd yn dda i ddim i gyd gael ein leinio fyny a'n saethu, rhag dihysbyddu pocedi *go-getters* fel fo. Er, doedd o heb *go-get* ymhell iawn chwaith os oedd o'n gweithio yn y twll tin byd.

Ond cenwch y clychau a chyneuwch y coelcerthi ar hyd a lled Cymru benbaladr! Roeddwn i, Robat Jones, newydd-iadurwr gyda thros ddeng mlynadd ar hugain o brofiad, yn cael fy ngyrru ar Gwrs Ysgrifennu Creadigol!

'Jyst y peth i chi,' meddai'r ferch y tu ôl i'r ddesg yn y twll tin byd, yn wên o glust i glust fel petai hi wedi darganfod sut i droi pob lastig band o'i heiddo'n aur, a chynnwys ei photyn *paper clips* yn berlau.

Doeddwn i ddim am fynd. Roedd y peth yn chwerthinllyd. Dyn yn f'oed a'm hamsar yn cael ei yrru ar gwrs gan doman o daclau gwybod-y-cwbwl. Ond tydi'r diawliaid yn gwybod yn iawn eich bod yn dibynnu ar y cymyn y maen nhw'n gweld yn dda i'ch bendithio â fo? Ac y byddai wedi ta-ta dominô arnach chi heb hwnnw, cyn lleied ag yr ydi o? Ac roeddwn i wedi trio gwrthod mynd ar y cwrs cyfrifiaduron wnaethon nhw'i hwrjo arna i fel ag yr oedd hi. A finnau wedi treulio blynyddoedd yn gwneud pob cwrs cyfrifiaduron dan haul er mwyn cadw fyny efo'r 'dechnoleg ddiweddaraf' bondigrybwyll. A ddim tamaid gwell wedi gwneud hynny.

Ond rhwng y diafol a'i gynffon ydi hi tro 'ma – taswn i'n gwrthod y cynnig hael hwn, nid yn unig y byddan nhw'n bygwth torri 'mhres i, ond mi fydd yn *rhaid* i mi fynd ar ba gwrs dwy a dimau bynnag fyddan nhw'n ei hwrjo arna i nesa – hyd yn oed tasa fo'n gwrs *pole dancing*.

Rydw i'n cofio'n iawn sut y byddai hi a minnau wedi mynd yn ôl i'r ysgol ar ôl gwyliau'r haf, ers talwm. Yn 'Cymraeg' y gwaith cartre cynta oedd darn yn dwyn y teitl 'Y Gwyliau', a'r un fath oedd hi yn 'English', ond bod hwnnw efo teitl hwy: 'What I did during my summer holidays'. Tipyn o dasg i hogyn tŷ cyngor oedd wedi treulio'r gwyliau'n gwneud dwy neu dair o jobsys er mwyn cadw allan o'r tŷ lle roedd ei fam yn nychu beunydd beunos gyda'i chywely y felan – neu nyrfs, fel roedd o'n cael ei alw bryd hynny – a lle roedd ei dad druan yn eistedd wrth fwrdd y gegin yn cadw cwmni i'r botal wisgi bob nos. Dim tripiau i'r cyfandir i'w disgrifio, dim holidês yn nhŷ Taid a Nain i sôn amdanyn nhw, dim hyd yn oed hanas trip Ysgol Sul i'r Marine Lake yn Rhyl ers i'r gweinidog a'i wraig ddod acw i gynnig help llaw i 'nhad.

Erbyn meddwl, siawns nad oeddwn i'n dipyn o giamstar ar y sgwennu creadigol 'ma bryd hynny, hyd yn oed.

Ta waeth, rhyw hen deimlad fel y teimlad pwdin plwm hwnnw yng ngwaelod eich stumog y noson cyn mynd yn ôl i'r ysgol oedd gen i wrth fynd i sesiwn gynta'r cwrs 'ma. Bron iawn i mi jibio – 'mond meddwl am y pres wnaeth fy nghael i yno a thrwy'r drws.

Rhyw ddynas sy'n rhedeg y sioe – Helena. Dillad hirllaes llachar, mwclis yn janglio fel clychau Cantre'r Gwaelod, Cymraeg – hynny o Gymraeg gawson ni – fel bore coffi ym Mhabell y Dysgwyr, a brwdfrydedd didrugaredd. Rydach chi'n nabod y teip – mor danbaid dros yr 'achos' nes eich bod chi eisiau rhoi twll clust hegar iddyn nhw a mynd adra ac yn ôl i'ch gwely a thynnu'r dillad dros eich pen. Rydw i'n amau'n gryf ei bod hi wedi cael ei chyflogi i redeg y cwrs Ysgyrnygu Creadigol 'ma am yr un rheswm yn union ag y cawson ninnau ein gyrru arno – er mwyn i ryw sbrigyn mewn siwt a chrys efo colar rhy fawr yn rhywle gael ffidlan efo ffigyrau'r di-waith a gwneud i staff y twll tin byd ymddangos fel tasan nhw'n gallu gwneud gwyrthiau. Rhowch floedd ar eich trwmped cyn rhoi sws fawr i'r Gweinidog Cyflogaeth – pwy affliw bynnag ydi o neu hi – yna stwffiwch y rhagddywededig drwmped i fyny ei din hunanfodlon yn ei siwt Saville Row a'i drôns M&S (gan gymryd mai dyn ydi'r slebog di-lun – wn i ddim pwy ydi o neu hi fwy nag ydw i'n gwybod be fydda'r dilladau cyfatebol i ferch mewn swydd mor aruchel – rhywbeth efo 'sgwyddau fel y merchaid rheini oedd yn *Dynasty*? – beryg 'mod i'n dangos f'oed rŵan). A hyd y gwela i, gyda'm profiad eang o'r cyfleoedd gogoneddus a dirifedi sydd ar gael yn y twll tin byd, yr unig swydd, neu'n fwy penodol, yr unig gyflog, mae'r Gweinidog Cyflogaeth yn poeni yn ei gylch, ydi ei gyflog o neu hi ei hun. Tydi'r *Jobcentre* 'na ddim mwy o *plus* i'r di-waith nag y byddai croesair y *Times* i eliffant – dim byd o'i le ar ymennydd eliffant, cofiwch, ond go brin y medra fo ddal ei afael yn y feiro.

Sut bynnag, yn ôl at grochan berw y sesiwn gynta – pedwar arall oedd yno. Roedd gan Helena ddeuddag o enwau ar ei rhestr – y saith arall wedi penderfynu mynd am y *pole dancing*, mae'n rhaid. Llinyn trôns oedd Tim, druan, a holl blorod y wlad yn cynnal cyfarfod blynyddol ar ei wynab o. Wedi bod yn cynllunio gwefannau a sgwennu blyrbs ar eu cyfar, nes i'r bybl hwnnw fyrstio. A Mairwen a Iola, dwy wraig yn eu pumdegau oedd wedi treulio blynyddoedd yn gweithio mewn siopau a ddim yn siŵr iawn be oeddan nhw'n ei wneud yno o gwbwl. A Philippa (galwch-fi'n-Phil), oedd yn sicr bod rhywun o swyddfa un o'r cyhoeddwyr mawr yn Llundain ar ei ffordd i gynnig blaendal cwbwl anferthol iddi hi unrhyw funud, er nad oedd hi eto wedi rhoi gair ar bapur. Roedd Helena, wrth gwrs, yn cytuno'n llwyr ac yn datgan na ddylai'r hogan orfod llygru ei dwylo yn gwneud dim byd mor anghynnas â gwaith bob dydd, yn enwedig, gan fod ganddi, yn ôl ein hybarch diwtor, *aura* creadigol mor gryf. Ond ddim digon cryf i gyrraedd y rhagddywededig gyhoeddwyr yn anffodus iawn. Wel, mi basiodd hannar cynta'r sesiwn yn reit handi. I ddechrau arni, mi fuodd Helena'n stelcian o gwmpas y drws a sbecian ar hyd y coridor bob rhyw ddau funud i geisio gweld a oedd rhywun arall ar ei ffordd, bob yn ail â gofyn i ni a oeddan ni'n meddwl y dylai hi ffonio'r twll tin byd i holi pwy bynnag oedd wedi trefnu'r pantomeim 'ma ble roedd y gweddill. Mi wnaethon ni lwyddo i'w darbwyllo hi, ymhen hir a hwyr, ac mewn modd llawn tact fyswn i'n lecio dweud, i beidio â chyboli. Gan ei bod hi'n amlwg bod tri ohonom, o leia, yn hen stejars ar y giamocs 'ma, roedd cytundeb heb ddweud gair rhyngom na fyddai gan y diawliaid y syniad lleia pwy oedd Helena na thamaid o ddiddordeb ym mha gwrs roedd hi'n trio ei gynnal. Cyflwyno'ch hun ac adrodd-tipyn-bach-o'ch-hanas dros banad oedd nesa. Mi drodd hynny'n llafurus braidd gan fod Mairwen a Iola yn mynnu dweud eu hanas mewn Saesneg digon clogyrnaidd er budd Tim, a minnau'n cyflwyno fy hun yn ddwyieithog – er, erbyn meddwl, rhyw frawddeg a hannar gawson nhw gen i rhwng y cwbwl. Ond dyma Helena'n cymryd ei chiw gen i ac yn adrodd hanas ei bywyd – bywyd llawn digwyddiadau, ond digwydd-iadau, serch hynny, oedd yn ddiddorol i'r sawl oedd yn rhan ohonyn nhw yn unig, mae gen i ofn – mewn Saesneg tra blodeuog yn gynta, ac yna mewn Cymraeg WLPAN-heb-cweit-orffen-y-cwrs. A Philippa-galwch-fi'n-Phil yn cymryd ei chiw hithau gan Helena – roeddwn i wedi hen golli diddordeb erbyn hynny, ac yn dyfalu efo fi fy hun a oedd hi'n rhy hwyr i newid fy meddwl a mynd am y *pole dancing* wedi'r cwbwl, felly fedra i ddim dweud wrthach chi be ddiawl oedd Philippa-galwch-fi'n-Phil wedi bod yn ei wneud efo hi'i hun, ond yn sicr mi gymerodd sbel iddi hithau adrodd hanas ei holl helyntion oedd, os nad yn hudolus, yn hirwyntog i'w rhyfeddu.

Ond mi basiodd yr amsar yn ddigon symol ar y cyfan nes i ni symud ymlaen at y Cwrs Go Iawn. Bron iawn i ni gael ein boddi'n llwyr yn y llanw o ystrydebau a lifodd droson ni – wna i ddim eich diflasu trwy eu hailadrodd. Ac yna, dyma dderbyn ein tasg gynta – ffanffer yr utgyrn, ymddangosiad merched y ddawns – cadw dyddlyfr! Go brin y bydda i byth yr un fath wedi derbyn y fath oleuedigaeth!

Er, wn i ddim be mae Helena'n feddwl y bydd gynnon ni i sgwennu yn ei gylch yn y dyddlyfr bendigedig 'ma. Tydi hi ddim yn sylweddoli bywydau mor undonog a diantur mae'r di-waith yn eu byw? Fedr gwehilion y wlad ddim fforddio gwneud dim byd diddorol, siŵr iawn. Ac am wn i, go brin y bydd yna Wobr Nobel yn cael ei rhoi am Ddiflastod Rhwng Dau Glawr yn fuan. Na Gwobr Booker. Ac mae'n ddowt gen i a fyddai hybarch feirniaid ein Prifwyl â fawr o ddiddordeb mewn hanesion pobol gyffredin chwaith, pobol sy'n rhy brysur yn stryffaglio i gadw deupen llinyn ynghyd i boeni llawar am 'ddyfodol y genedl', chwedl y rhai llaes eu barn a llawn eu pocad. Felly mae hi wedi ta-ta dominô arna i am glod ac anrhydedd a choban wen yn fan'no hefyd. I be yr awn i i'r drafferth o gofnodi'r digwyddiadau dibwys sy'n llenwi bywydau bach tila fi a'm tebyg? Pwy fyddai â diddordeb? Pwy fyddai am eu darllen?

Ta waeth am yr athronyddu, gan fod ein rhifau mor isel mi wnes i wneud llygaid llo ar Helena nes iddi roi dau o'r llyfrau sgwennu roedd ganddi hi i mi – dweud ella y byddwn i eisiau sgwennu'n Gymraeg ac yn Saesneg, neu ryw rwtsh felly. Dyna beth arall am fod yn dlawd – mae unrhyw beth sydd i'w gael am ddim yn troi'n drysor drudfawr o flaen eich llygaid. Ac o'i gael, rydach yn teimlo rywsut eich bod wedi ennill buddugoliaeth drostyn NHW. Pwy ydyn nhw – peidiwch â gofyn. Staff y twll tin byd, ella. Neu bobol sydd mewn gwaith ac yn ennill cyflog da. Neu'r llywodraeth. Neu'r wlad. Wn i ddim. Rhyw amrywiaeth ar y *siege mentality* ydi o ella. Rhyw oruchafiaeth fach bersonol dros lestair gorfod gwneud heb ddim moethau, heb ddim byd sy'n gwneud bywyd yn fwy cysurus.

Llyfrau coch tywyll efo papur trwchus lliw hufen ydyn nhw. Wn i ddim be oedden ni wedi'i wneud i haeddu llyfrau cystal – synnwn i damaid mai *bankrupt stock* o rywle ydyn nhw. Ond maen nhw'n ddigon deniadol i ddenu'r cybydd mwya i afradu ei ddoethinebau ynddyn nhw. Ond erbyn meddwl, doedd 'na ddim cyfrifiadur yn agos at y lle – 'mond rhyw stafall ddosbarth foel ar y diawl oedd hi. Dyna sut iddyn nhw fedru sblasio allan ar y papur sgwennu, mae'n rhaid.

Felly, dyma fi, yn powlio fy hun ar draws y tudalennau

hufennog. Fel y bydda i'n arfar siarad efo fi fy hun erbyn hyn. Ond gyda chaniatâd swyddogol. Ac yn smalio am y tro fod rhywun yn gwrando.

Shirley

Am ryw reswm, synfyfyriodd Shirley dros ei phos personol, fel y gwnâi'n ddyddiol bron wrth gerdded o'r stop bysiau at y siop, am ryw reswm roedd hi'n haws o lawer helpu pobol ym mhen draw'r byd nag yr oedd hi helpu eich anwyliaid eich hun. A gwaith digon rhwydd iddi hi oedd delio'n amyneddgar a chydymdeimladol â phobol nad oedd ond yn rhaid gwrando ar hanes eu trallodion am ryw bum neu ddeng munud yn y siop. Gallai wenu, nodio pen a gwneud synau cydymdeimladol gyda'r gorau. Pam felly, cystwyodd Shirley ei hun, nad oedd hi wedi gallu helpu Robat?

Gwenodd a dweud 'Helô' a 'Bore da' wrth hwn a'r llall ar y stryd cyn datgloi drws y siop, diffodd y larwm, a chloi'r drws drachefn y tu ôl iddi'n ddiarwybod. Diflannodd y wên na wyddai ei bod wedi'i serio ar ei hwyneb gyda grym arferiad wrth adael y tŷ wrth iddi fynd draw i'r cefn i gadw'i chôt a'i bag a gwneud paned. Doedd neb wedi gadael nwyddau y tu allan i'r siop, neu os oedd rhywun wedi gwneud hynny, yna roeddent wedi diflannu'n gyfan gwbwl. Oedd yn well na chanfod bod rhywrai wedi agor y bagiau, taflu eu cynnwys ar y palmant, a chymryd ambell eitem a gadael y gweddill ar hyd ac ar led gan ennyn cwynion gan berchnogion y siopau cyfagos. Ac ni fyddai'r un enaid byw arall yn cyrraedd am ugain munud, o leiaf, a chan nad oedd dim byd o bwys mawr angen ei wneud cyn agor y siop, na'r un o'r siopau mawrion yn danfon eu sbarion draw y bore hwnnw, na llond lle o fagiau bin yn llawn anialwch ar eu ffordd o'r un o'r banciau llyfrau na dillad, câi Shirley lonydd i'w cheryddu ei hun yn giaidd unwaith eto dros ei phaned.

Mi oedd hi wedi gwneud ei gorau i gynnal Robat, er gwaethaf cyhuddiadau'r ellyll milain a feddiannai ei meddyliau, ac a fynnai pe byddai hi wedi bod yn berson gwell y byddai wedi gallu gwneud yn well. Cofiai'r adnod ar garreg fedd ei nain, 'Yr hyn a allodd hi, hon a'i gwnaeth.' Oedd hi'i hun wedi gwneud yr hyn a allodd? Hyd eithaf ei gallu?

Hyd yn oed yn ystod y blynyddoedd hunllefus hynny pan ddaeth tri beichiogrwydd, tair gofuned, i ben mewn ing a gwewyr gwaedlyd, y hi fu'r un gref o reidrwydd, y hi a wynebodd ystrydebau rif y gwlith ffrindiau a chymdogion. Ac yn y cyfnod anodd mwy diweddar, pan nad oedd Robat yn cael fawr o waith a hithau'n colli'i gwaith ei hun yn y banc lle bu'n gweithio ers blynyddoedd, wrth i hwnnw gael ei lyncu gan fanc arall, fe wnaeth ei gorau. A bu'n ffodus cael ei swydd bresennol fel rheolwraig y siop hon ymhen cwta dri mis o fod yn ddi-waith. Er nad oedd y cyflog cystal. Ac roedd pawb yn y siop, yn weithwyr cyflogedig ac yn wirfoddolwyr, yn hynod ymroddgar. Roedd Shirley'n cofio Ann, y ddirprwy reolwraig, yn yr ysgol, er bod Ann bedair neu bum mlynedd ar y blaen i

Shirley. Roedd y ddwy bob amser wedi cydnabod ei gilydd wrth gyfarfod ar y stryd, a gwyddai Shirley fod Ann wedi colli'i gŵr yn ddyn cymharol ifanc. Ac ers iddi ddechrau gweithio yn y siop roedd Shirley wedi gweld dynes mor glên a chymwynasgar ei natur oedd Ann. Byddai wedi bod yn gwbwl fodlon cynnig clust gyfrinachol i Shirley petai hi am fwrw'i bol am ei thrafferthion. Ond gydag Ann yn weddw ers rhai blynyddoedd, a Shirley ei hun yn teimlo cyndynrwydd cynhenid ynglŷn â rhannu ei gofidiau personol, dal blawd wyneb a wnâi Shirley gydag Ann ar hyn o bryd, fel gyda phawb arall.

Ond fe fu dyddiau da hefyd, wedi iddi hi a Robat ddod i delerau â'r ffaith na fyddent byth yn cael teulu i'w fagu. Wel, roedd hi'n credu bod Robat wedi dod i delerau â'r ffaith – roedd hi'n anodd gwybod gydag o weithiau. Er eu bod yn ymddangos yn nes at ei gilydd na llawer o gyplau eraill roedd hi'n eu hadnabod, ac er y byddai Robat yn gallu siarad dros Gymru, roedd Shirley'n sylweddoli'n iawn fod 'na lawer mwy yn mynd ymlaen yn y dirgel ym mhen ei gŵr nag a wyddai hi. Cofiai Shirley iddynt wrthod yn bendant y ci bach a gynigiwyd iddynt gan ryw gefnder i Robat oedd yn ffermio ac a oedd yn llai sensitif na'i darw ei hun. Yn ôl un o straeon Robat, ar eu dêt cyntaf, roedd y cefnder wedi mynd â rhyw greadures druan allan i'w feudy yn ei sodlau uchel a'i dillad gorau i drin penolau defaid. Ni wyddai Shirley ai dweud y gwir ynteu tynnu coes roedd Robat.

Ond gyda'r ddau'n gweithio, roedd Robat a hithau'n gallu

fforddio pob cyfleuster ar gyfer y tŷ, bwyta allan yn wythnosol a mynd ar wyliau ddwy neu dair gwaith y flwyddyn. Ac er gwaethaf eu siom, roeddent yn mwynhau cwmni ei gilydd: roeddent yn fêts, yn ogystal â gŵr a gwraig. Roedd y ddau yn mwynhau eu gwaith – Robat gyda'r papur newydd a hithau yn y banc. A dweud y gwir, er ei fod yn dioddef o'r hen seldra felltith o bryd i'w gilydd, roedd Robat yn un da am stori ac yn un da am drin pobol. Yn well na Shirley ei hun. Mwy o amynedd efo pobol, mwy o gydymdeimlad. Dawn handi ar y naw i ddyn papur newydd. Wrth gwrs, roedd hithau'n trin pobol yn y banc, fel y gwnâi yn y siop rŵan. Ond rhyw gymryd arni bod ganddi ddiddordeb ysol yn eu hanesion a wnâi hi – fyddai hi byth yn cofio dim am ei chwsmeriaid erbyn iddi gyrraedd adref. Ond byddai Robat â stori pawb ar flaenau'i fysedd, ac yn cofio i'r dim beth oedd wedi digwydd i bwy a phryd. Do, fe fu dyddiau da.

Gwenodd Shirley wrth gofio'r gwyliau diwethaf a gawson nhw gyda'i gilydd, cyn i bethau fynd o chwith o ddifrif. Gwyliau i ddathlu eu priodas arian. Ym Mharis. Oherwydd mai yno y buon nhw ar eu mis mêl. Roedd Robat wedi cael hyd i'r wasgod lliw gwin coch a wisgodd ar ddydd eu priodas yng nghefn y wardrob yn rhywle a'i gosod yn y cês heb yn wybod i Shirley – doedd hi ddim wedi gweld y wasgod ers blynyddoedd ac wedi anghofio popeth amdani, a dweud y gwir. Wel, fe fynnodd Robat wisgo'r wasgod i fynd am swper y noson gyntaf roedden nhw ym Mharis, a chan ei fod wedi twchu cryn dipyn ers diwrnod eu priodas, wrth gwrs fe rwygodd cefn y wasgod wrth iddo ei rhoi amdano. Ac roedd mor benderfynol o'i gwisgo nes iddo'i gadael amdano a'r cefn yn ddau hanner a rhoi ei siaced drosti nes ei fod wedi mygu gydol y swper. Un felly oedd Robat yn ei hwyliau – byddai'n cael rhyw chwiw a doedd o'n methu byw nes y byddai wedi gwireddu'r mympwy. Doedd bywyd byth yn ddiflas efo fo, meddyliodd Shirley. Mynnodd gario potel fechan o siampên iddynt eu hyfed ar ben y Tŵr Eiffel ar y gwyliau hwnnw hefyd, a dal y gwydrau grisial a ddaeth gydag o, yn hytrach na rhai plastig, fel y byddai unrhyw un call wedi eu dewis, uwch ei ben rhag iddynt gael eu chwalu'n siwrwd yng nghanol y wasgfa o ymwelwyr yn y lifft i ben y tŵr. Yna'r ystumiau a wnaeth gyda'r bachgen ifanc wrth ofyn i hwnnw dynnu eu llun yno ar ben y tŵr. A hwnnw wedyn yn tynnu ystumiau i ddweud ei fod yn deall y cais ac yn hapus iawn ymgymryd â'r dasg. A'r nosweithiau y treuliasant yn crwydro'r ddinas ramantus law yn llaw cyn dychwelyd i foethusrwydd nwydus y gwesty.

Ond yn fuan wedi hynny, yn enwedig wrth weld ei waith yn diflannu, roedd y pyliau achlysurol o seldra yr oedd Robat wedi gorfod brwydro yn eu herbyn erioed wedi troi'n un pwll du diwaelod na fedrai yn ei fyw godi ohono. Ac yn waeth na hynny, gwrthodai bob ymdrech ar ran Shirley i'w berswadio i fynd at y meddyg. Yn hytrach, dechreuodd ddosio'i hun gyda'i feddyginiaeth amgen ei hun – pa ddiod gadarn bynnag oedd i'w chael yn rhad yn yr archfarchnad. A byddai hyd yn oed santes wedi cyrraedd pen ei thennyn wedi dychwelyd adref y diwrnod hwnnw a chanfod Robat yn lled-anymwybodol ar lawr y gegin am hanner awr wedi pump yn y prynhawn a rheng o boteli gweigion yn sbecian dros ymyl y bwrdd ac yn tincial chwerthin am ei ben.

Gwyddai Shirley bryd hynny mai mater o amser, ychydig iawn o amser, mewn gwirionedd, oedd hi cyn y byddai hithau yn ymuno â Robat yn nyfnderoedd y pwll du diwaelod. Roedd ei gallu i gicio'n galed yn erbyn y gwaelod a chodi ei hun yn ôl i'r wyneb, a Robat gyda hi, ar drai. Roedd hi'n hesb.

Styriodd wrth glywed cnoc ar ddrws y siop. Y ddirprwy reolwraig a gwirfoddolwr cyntaf y dydd wedi cyrraedd. Sychodd Shirley ddeigryn edliwgar oddi ar ei grudd â chefn ei llaw wrth adael ei phaned yn oeri a mynd i ddatgloi drws y siop drachefn.

Haf

Ro'n i wedi meddwl eu gadael nhw y tu allan i'r drws. Ryw gyda'r nos, pan fysa'r siop wedi cau a neb yno i ddechra holi cwestiyna. Ond mae 'na arwydd ar y drws erbyn hyn yn gofyn i bobol beidio gwneud hynny oherwydd bod gymaint o stwff yn cael ei ddwyn – effaith y *recession*, mae'n rhaid. Dim y bysa ots gen i, a deud y gwir, tasan nhw'n cael eu dwyn, cyn belled â bod rhywun yn cael defnydd ohonyn nhw. Ond fyswn i ddim eisiau cerddad lawr y stryd i 'ngwaith bora wedyn a'u gweld nhw yno wedi cael eu taflu i'r gwtar ac yn faw i gyd. Maen nhw'n rhy dda i hynny.

Pam mae gan ddynas – a dynas sy'n dal yn sengl, cofiwch – ac sy'n nes o lawar at ddeugain nag at un ar hugain, ddwy ffrog briodas newydd sbon danlli ddrudfawr yn ei wardrob? Am ei bod hi'n hen het wirion? Yn jolpan ddwl sy'n methu gweld dim pellach na'i thrwyn? Deudwch chi wrtha i. A taswn i'n bod yn gwbwl onast, does ond y dim na fysa gen i dair. Diolch bod Las Vegas a Mauritius ill dau yn llefydd poeth yn yr ha.

Ia, i Las Vegas oeddan ni am fynd. Bendant. Dim byd

saffach. Lle *ideal*. Medda fo. Doedd 'na ddim cweit gymaint o fynd ar y we 'radag honno. Ac mae hynny'n rhoi cliw i chi, tydi, am faint sy 'na ers i'r plania mawr 'ma weld gola dydd am y tro cynta.

Dwi'n siŵr 'mod i wedi cael pob *brochure* oedd wedi'i greu. A'r 'Venetian Wedding Package' oeddan ni wedi'i ddewis – roedd yr 'Elvis Wedding' a rhai o'r lleill yn edrach reit, wel, reit *tacky*, reit goman, a deud y gwir. Ond ro'n i wedi cymryd at y syniad o briodi mewn *gondola* ar y Grand Canal – y 'Ceremonia Sul'Aqua'. Ac yna sipian ein siampên wrth lithro'n araf ar hyd y dŵr a'r dyn efo'r polyn yn canu serenâd i ni. Pam na fysan ni wedi mynd i Fenis ei hun? Wel, roedd o wedi rhoi'i fryd ar Las Vegas – ella mai eisiau swancio efo pobol y lle 'ma oedd o, dangos iddyn nhw nad oedd o'n mynd i blygu i'r drefn a phriodi yng Nghapel Horeb neu yn y swyddfa, a chael bwffe a disgo yn y Queen's fel pawb arall. Ac mae o'n *allergic* i fwyd môr ac maen nhw'n bwyta lot o fwyd môr yn Fenis. Medda fo. Chyrhaeddais i byth, felly fedra i ddim eich rhoi chi ar ben ffordd am hynny. Mwy o stêcs a ballu yn Las Vegas. Medda fo. Er maen nhw'n deud fedrwch chi gael bob dim yn fan'no – bwyd o bob rhan o'r byd fedrwch chi feddwl amdano fo. Ac o lefydd na chlywodd neb 'rioed amdanyn nhw. Ac mi fysa pawb yn siarad Saesneg yn Las Vegas. A digon i wneud tasan ni'n laru ar garu. Laru ar garu – mae hwnna'n odli tydi? Biti nad Bet ydi'n enw i – mi fyswn i'n medru deud, 'Mae Bet yn rêl het' hefyd. O ia, ac mi fysa Fenis ei hun yn rhy boeth ac yn drewi – y *foreigners* ddim wedi dallt yr *air-conditioning* a ballu cystal â'r Americanwyr goleuedig. Medda fo. Felly, Las Vegas amdani . . . a phriodi fel Wa McSbredar a Meri Lŵ ar eu newydd wedd.

Mi ddylswn i fod wedi gweld y gola coch bryd hynny, wrth gwrs. Os oedd ganddo fo rywbeth i'w ddeud am bawb a phopeth yn Fenis a Las Vegas, oedd hannar ffordd rownd y byd, debyg y bysa ganddo fwy fyth i'w ddeud amdana i, unwaith y bysan ni'n byw dan yr un to. Ond bendith hirddisgwyliedig ydi synnwyr trannoeth, hyd y gwela i. A do'n i'n gwybod ddim gwell ar y pryd.

Sut bynnag, ffrog hir les brynais i'n y diwadd. Un heb lewys na strapia, ac yn ffitio'n dynn hyd at fy mhenaglinia ac yna'n fflownsio allan yn fflêr oedd 'chydig yn hirach yn y cefn na'r tu blaen. *Fish-tail* oedd y ddynas sbio-lawr-ei-thrwyn yn y siop grand yng Nghaer yn ei alw fo. Ella y dylswn i fod wedi cofio ei fod o'n *allergic* i fwyd môr bryd hynny. Mi brynais i benwisg fechan efo fêl hefyd a sgidia gwynion. Ro'n i'n fengach bryd hynny, wrth gwrs, ac wrth fy modd efo'r ffordd roedd y defnydd yn glynu yn fy nghorff ac yn dangos fy siâp.

Colli'r *deposit* ro'n i wedi'i dalu wnes i. Rhywbeth hollbwysig wedi codi yn y gwaith. Medda fo. Beryg y bysa fo'n cael y sac tasa fo'n diflannu am bythefnos a'u gadael nhw yn eu baw. Ac roedd o'n mynd i wneud iawn am y peth. O, oedd. Wir yr.

Lapland. I fan'no roeddan ni'n mynd wedyn. *Cert*. Dim dwywaith amdani. Roeddan ni'n mynd i swatio mewn sled oedd yn cael ei dynnu gan geirw, a thra oedd y clycha'n tincial ar eu harneisia, mi fysan nhw'n ein cario ni trwy goedwig lle fysa 'na luserna'n hongian ar y coed. Yna, mi fysan ni'n priodi o flaen tanllwyth o dân mewn caban coed. Mi dreuliais i oria'n syllu ar lunia mewn *brochures* a rhyw gymaint ar y we hefyd – faint fynnir o gypla hapus yn sipian siampên yn yr eira efo ceirw a sledia a cherflunia wedi eu gwneud o rew a hyd yn oed Siôn Corn a'i dylwyth teg yn amball un, yn 'ho-ho-ho-ian' o'i hochor hi. Cystal taswn inna wedi credu yn Siôn Corn hefyd, erbyn meddwl.

Wrth gwrs, doedd y ffrog les yn mynd i fod yn dda i ddim. Fel fysa Nain wedi'i ddeud ers talwm, mi fysa hi wedi bod yn ddigon amdana i, mynd allan i'r oerni heb hannar gwisgo amdanaf. Ffrog o frocêd lliw hufen ddewisais i, efo llewys hir llac oedd yn gorffan mewn pig. Roedd gan y bodis wddw sgwâr ac roedd hwnnw'n ffitio'n dynn hyd at fy ngwasg cyn lledu nes cyrraedd fy nhraed. Do'n i ddim eisiau cynffon, rhag iddi lusgo yn yr eira a throi'n slwtsh gwlyb budur. Ro'n i'n teimlo fel un o freninesa Harri'r VIII ynddi hi. Un o'r rhai ddaliodd ei gafael yn ei phen, wrth gwrs. Yn goron ar y cyfan roedd gen i glogyn o felfed coch tywyll efo ffwr – ffwr smâl – o amgylch y cwfl. Band pen o'r un defnydd â'r ffrog, a sgidia 'run lliw coch â'r clogyn, ac ro'n i wedi gwirioni efo f'adlewyrchiad yn y drych. Ac o leia *mae* 'mhen i'n dal ar f'ysgwydda i, hyd yn oed os oedd 'mrêns i – hynny oedd gen i – wedi tywallt ffwl sbid trwy 'nghlustia i. Ond do'n i ddim yn ddigon gwirion i fynd 'nôl i'r un siop grand yng Nghaer chwaith. Er dwi'n siŵr eu bod nhw'n gweld cymaint o bobol yna na fysan nhw byth wedi 'nghofio fi. A digon posib y bysa'r ddynas sbio-lawr-ei-thrwyn wedi riteirio.

Methu setlo ar ddyddiad wnaethon ni efo Lapland. Oedd yn well na cholli *deposit* arall. A buan iawn y daeth hi'n droad y rhod ac mi fysan ni wedi swnio'n wirion ar y naw yn deud wrth bawb ein bod ni'n mynd i rywle oer a thywyll i briodi. A doedd gen i fawr o awydd hysbysebu'r ffaith bod gen i ddwy ffrog briodas yn y wardrob. Mi fyswn i wedi medru trio am swydd efo S4C yn deud y tywydd – cynnig arbennig, dwy am bris un – Siôn a Siân, neu yn fy achos i, Siân a Siân, o flaen y tŷ bach tywydd. 'Mond chwipio i mewn ac allan i newid bob hyn a hyn fysa angan i mi'i wneud: ffrog les – tywydd braf ar y gorwel; ffrog frocêd – amsar estyn y thyrmals.

Mi fyswn i wedi bod reit hapus tasan ni wedi byw efo'n gilydd heb briodi. Er bod y syniad o gael y Diwrnod Mawr efo'r trimins i gyd yn neis, does gen i ddim byd yn erbyn byw tali. Fel'na mae pobol yn dod i nabod ei gilydd go iawn, am wn i, yng nghanol mân drafferthion bywyd bob dydd. Ond mi fysa hynny wedi ypsetio Mam. Medda fo. A doedd fiw i ni ypsetio Mam. Does gen i ddim mam i'w hypsetio erbyn hyn. Na thad chwaith, petai hi'n dod i hynny. Ond fysa Mam ddim yn gallu codi ei phen yn y lle 'ma ac yntau'n byw tali. Medda fo. Priodi. Neu ddim.

A chwara teg i'w fam. Roedd o bob amsar fel pin mewn papur. Dwi'n siŵr bod hyd yn oed ei gyfflincs a'i friffcês yn cael y driniaeth Mr Sheen ganddi.

Mae'n rhaid i mi gyfadda mai braidd yn llugoer oedd

f'ymateb i'r cynllun i briodi yn Mauritius. Galwch fi'n anniolchgar ond doedd hyd yn oed yr addewid o'r gwesty pum seren a phriodi mewn *gazebo* to gwellt ar y traeth euraidd ddim yn ddigon i wneud i mi gynhyrfu rhyw lawar. Heb sôn am y nofio efo dolffiniaid roedd o'n mynnu oedd yn mynd i fod yn brofiad unwaith-ac-am-byth. Ac mai dyna oedd pawb eisiau ei wneud. Medda fo. Nid bod gen i 'run dim yn erbyn dolffiniaid, cofiwch, ond do'n i ddim eisiau prynu ffrog arall. A do'n i ddim yn siŵr y medrwn i wisgo'r un les bellach. Tydw i heb godi pwysa, ond tydi siâp rhywun yn newid fesul dipyn wrth fynd yn hŷn a bob dim yn dechra symud at i lawr? Ac mi fyswn i wedi mygu yn yr un frocêd. Prynu siôl wnes i yn y diwadd – un wen wedi'i gwau o wlân ffein o Ynysoedd Shetland. O leia fysa 'na neb yn gallu gweld bod fy mreichia i wedi dechra twchu efo honno. Ac un o'r dillad isa 'na sy'n dal bob dim i mewn ac yn ei symud o o gwmpas dipyn bach, ei stwffio i fyny ac i lawr fel bod bob dim yn y lle mwya addas posib. Lwcus mewn ffordd na wnes i'm gorfod ei wisgo – andros o job cael fy ngwynt ynddo fo. O, a phâr o sandala gwynion. Wrth gwrs, roedd y llunia oedd ar y we'n werth eu gweld – cypla hapus yn sipian eu siampên yn y tai to gwellt. A'r dolffiniaid yn wên o glust i glust, yn gwenu mwy na neb, a deud y gwir. Ond fedrwn i ddim rhoi cant y cant i'r trefniada rywsut.

Y diwrnod cyn i'r *deposit* gael ei dalu cafodd ei fam ei tharo'n wael. Trawiad ar y galon – dim un mawr, ond yn ddigon i beri iddi fod angan tipyn o ofal. Rhyngddo fo a fi, a'i frawd a'i wraig, a'r nyrsys a'r gofalwyr, mi ddaeth ei fam ati ei hun yn reit ddel. Mi fuodd 'na ryw hannar sôn ella y bysa'i frawd a'i chwaer-yng-nghyfraith yn aros efo'i fam tasan ni'n ailafael yn y plania i fynd i Mauritius, ond ddaeth 'na ddim o'r syniad yna'n y diwadd. Ac ro'n i'n falch bod ei fam wedi gwella cystal, felly dyna sut y buodd petha.

Nes i'w fam ddiodda trawiad arall – un reit ddifrifol tro 'ma – rhyw dri, ella bedwar, mis yn ôl bellach. Mi fuodd hi yn y sbyty am chwech wsnos cyn cael ei symud i sbyty arall lle maen nhw'n gallu rhoi ffisiotherapi iddi hi'n rheolaidd, i drio'i helpu hi efo'i cherddad a ballu. Ond er ei bod hi'n sobor o fusgrall a phrin yn medru symud dan ei stêm ei hun o gwbwl, mae hi'n benderfynol 'na adra mae hi am ddod. Does ond eisiau i rywun ddechra sôn am gartrefi preswyl ac mae hi'n cynhyrfu'n lân.

Dydd Sul ddaeth o draw, yn syth o'r sbyty. Ro'n i wedi bod yno efo fo ddydd Sadwrn, ond fyddwn i ddim yn mynd bob tro, er mwyn iddyn nhw gael dipyn o amsar efo'i gilydd hebdda i. Roedd y meddyg wedi deud wrtha fo ei fod o'n meddwl y bysan nhw wedi gwneud hynny medran nhw i'w fam ymhen rhyw bythefnos arall. Mi fysa hi'n dal i fynd yn ôl i'r sbyty ar gyfar y ffisiotherapi, a phan fysa hi'n ddigon da, mi fysa hi'n cael mynd i'r *day centre* rhyw ddau ddiwrnod yr wsnos hefyd tasa hi eisiau. Ond mi fysa hi'n barod i ddod adra cyn bo hir. Mi fysa fo'n cael cyngor ynglŷn ag addasu rhywfaint ar y tŷ ar ei chyfar ac mi fysa'r nyrsys a'r gofalwyr yn galw'n rheolaidd. Ond mi fysa angan llawar o ofal ar ei fam, a fysa hi byth mewn llawn iechyd eto. Ac efo gwasanaetha ar gyfar pobol fregus fel ei fam yn cael eu torri ar bob tu, mi fysa'n rhaid gwneud rhyw fath o drefniada preifat ar ei chyfar – fysa'r 'chydig amsar fysa gan y nyrsys a'r gofalwyr i'w roi byth yn ddigon i'w chynnal yn ei chartra yn ei chyflwr hi. Ac mi fysa'n rhaid iddo fo a'i frawd dalu trwy'u trwyna am wasanaeth felly.

Fysan ni'n gallu priodi *asap*? Mi wnâi'r swyddfa'n iawn iddo fo. Ond taswn i eisiau, mi fysa fo'n mynd i gael gair efo gweinidog Horeb. Ac mi fysan ni'n medru cael pryd yn y Bistro Bach wedyn, 'mond criw bychan ohonon ni. Mi aeth y Queen's rhwng y cŵn a'r brain beth amsar yn ôl – perthyn i Wetherspoons mae'r lle rŵan. Nid bod hynny o bwys i chi, wrth gwrs. O ia, ac mi fysa gormod o ffys yn anaddas rŵan, wrth ystyried cyflwr ei fam. Sy'n ddigon teg. Ac wedyn, mi fyswn i'n gallu rhoi'r gora i'm swydd – gweithio mewn siop floda ydw i – a fyswn i ddim yn gweld colli swydd felly siŵr. Medda fo. A rhoi 'nhŷ bach teras ar y farchnad – mi fysa cwpwl ifanc yn chwilio am dŷ cynta yn neidio amdano fo. Medda fo. Yna mi fedrwn i symud i fyw ato fo a'i fam. A fysa gan ei frawd o a'r wraig stimrwg 'na sy ganddo fo ddim gobaith cael eu dwylo blewog ar hannar y tŷ wedyn.

Fiw iddo fo dreulio gormod o amsar i ffwrdd o'r swyddfa ei hun. Medda fo. Ddim fel ag y mae petha. Hannar esgus fysa arnyn nhw'i eisiau i gael gwarad arno fo. Fel ag y mae petha.

Ond y munud y byswn i'n deud 'Ydw'. . . Pob problem wedi ei datrys. Pawb yn byw yn hapus byth wedyn.

Bron cyn hapused ag y bydd staff y siop elusen wedi derbyn dwy ffrog briodas, clogyn melfed a'r trimins i gyd.

A bron iawn cyn hapused ag y bydda i wrth eu rhoi iddyn nhw yn f'awr ginio. Cyn galw yn y siop drws nesa i brynu eu potal ora o win pinc. I ddathlu'r bwlch yn fy wardrob, bwlch y ca' i ei lenwi efo dillad o'm dewis i erbyn hyn. Mi geith rhywun arall ddefnydd o'r ffrogia – gobeithio y cawn nhw fwy o hwyl efo nhw na ges i, a hei lwc iddyn nhw.

Nid 'mod i'n dymuno unrhyw ddrwg iddo fo na'i fam . . . wel, 'chydig bach iddo fo, ella . . . 'chydig bach lot iddo fo, ella.

Shirley

Cerddodd Shirley yn gynt, ei sylw wedi'i hoelio ar y pen brith yng nghanol selogion awr ginio'r stryd fawr. Ond ymhen ychydig eiliadau, trodd y pen, a'r corff yr oedd yn perthyn iddo, i mewn i siop frechdanau.

Syrthiodd calon Shirley, o'i chorn gwddw yn ôl i'w phriod le, cyn ymlusgo'n araf trwy weddill ei chorff a dechrau gwaedu trwy wadnau ei thraed ar y palmant. Nid Robat oedd o. Ond o'r tu ôl . . . Ac wedi sbriwsio hefyd . . .

Sylweddolodd ei bod hi'n gogor-droi yng nghanol y stryd a throdd i syllu ar ffenestr y siop agosaf. Byddai wedi gwirioni pe digwyddai mai Robat oedd y dyn ar y stryd. A'i wallt wedi'i dorri'n ddel a'i ddillad yn dwt ac yn deidi. Ond, dwrdiodd Shirley ei hun, sawl gwaith wyt ti wedi'i 'weld' o ar y stryd. Ac wedi dechrau ei ganlyn nes canfod mai rhywun arall sydd yna. Callia, hogan, rhybuddiodd ei hun, neu mi fyddi di'n cael dy ddwyn i'r ddalfa am ddilyn dynion dieithr. A byddai sgŵp felly'n fêl ar fysedd cyhoeddwyr y papur lleol dienaid. A byddent yn siŵr o ddarganfod mai gwraig Robat oedd hi. A'i fod o wedi cychwyn ar ei waith fel newyddiadurwr efo nhw. Er, bosib y gallai hynny brofi'n ffordd o atgyfodi rhyw gymaint ar ei yrfa. Ond go brin y byddai'n diolch iddi hi am fynd o gwmpas pethau felly chwaith. Er mai chwilio amdano fo oedd hi. Ond petai hi *yn* gweld Robat, be wedyn? Sut wyt ti? Wyt ti'n dal i yfed nes dy fod ar wastad dy gefn? Sori am dy hel di o'r tŷ, ond fedrwn i ddim cymryd rhagor? Er gwaetha pob dim, rydw i'n gweld d'eisiau di? Doedd ganddi hi ddim syniad sut oedd o – doedd hi heb ei weld yn unman, roedd ganddi hi ofn cysylltu ag o, doedd ganddi hi ddim syniad beth i'w wneud nesaf. Oedd Robat yn gorwedd yn gelain yn y fflat bach digysur 'na ers dyddiau lawer? A hithau heb godi bys i wneud dim? O leiaf doedd ganddo fo ddim alsesiyn i fwyta'i weddillion, faint bynnag o gysur oedd hynny.

Sbeciodd yr haul yn slei drwy'r cymylau a'i wawl yn amlygu adlewyrchiad Shirley yn ffenestr y siop o'i blaen. Roedd ei hwyneb fel drychiolaeth. Roedd yn rhaid iddi hi roi'r gorau i'w phoenydio'i hun fel hyn. Roedd y sefyllfa wedi'i meddiannu'n llwyr. Robat a'r chwalfa yn eu priodas oedd y peth cyntaf ar ei meddwl wrth ddeffro yn y bore, a'r peth olaf y byddai'n meddwl amdano cyn syrthio i gysgu rywbryd yn ystod yr oriau mân. Sythodd, a cheisio dangos rhyw arlliw o ddiddordeb yn y dillad yn y ffenestr o'i blaen. Dillad digon del, ond fawr ddim i sgwennu adre'n ei gylch, fel y byddai ei mam wedi'i ddweud ers talwm. Ond efallai na fyddai'r dilledyn mwyaf deniadol yn ei phlesio heddiw. Cymerodd arni wneud astudiaeth drylwyr o gynnwys y ffenestr er mwyn cael cyfle i archwilio'i hadlewyrchiad ei hun drachefn. Heblaw am yr olwg pen-yn-popdy ar ei hwyneb doedd hi ddim yn edrych yn ddrwg, wrth ystyried ei hoed – heb ledu'n ormodol yn unman, nac ychwaith wedi troi'n stringan sychlyd. Am a wyddai. Ac, wrth gwrs, un o *perks* y swydd hon oedd cael bod y cyntaf i'r felin pan fyddai'r siopau mawrion yn gyrru eu sbarion draw i'r siop. O leiaf felly, roedd hi'n gallu fforddio bod yn drwsiadus. Ond nid mor atyniadol â chynnig yr wythnos ar silffoedd diod feddwol yr archfarchnad chwaith.

Trawodd y cloc mawr yn y sgwâr ym mhen draw'r stryd chwarter i un a sylweddolodd Shirley ei bod, unwaith eto, wedi gwastraffu mwyafrif ei hawr ginio yn mwydro.

Rhuthrodd o Iceland gyda llond bag o brydau parod, yn melltithio pawb a fu'n ddigon hy i fynd i'r siop yr un pryd â hi a chreu ciw wrth y til. Byddai'n stwffio'r pecynnau i'r ffrij fechan yn y gegin yng nghefn y siop nes y byddai'n amser mynd adref. A byddai'n rhaid iddi wneud yn siŵr ei bod yn cofio eu hestyn oddi yno y tro hwn hefyd. Neu byddai llond lle o slwj wedi hanner dadmer yn disgwyl amdani eto drannoeth fel y gwnaethai'r wythnos diwethaf.

Cyrhaeddodd y siop â'i gwynt yn ei dwrn fel roedd y cloc yn taro un. Roedd Alun, a fu'n gwirfoddoli yno gydol y bore, a Dinesh, a fyddai yno weddill y prynhawn, wrthi fel lladd nadroedd wrth y til.

Cododd Shirley ei llaw arnynt ac amneidio y byddai'n dod i roi help llaw iddynt unwaith y byddai hi wedi cadw ei thaclau yn y cefn. Rhoddodd ei phen trwy ddrws y storfa wrth fynd heibio i ddweud wrth Ann, y ddirprwy reolwraig, ei bod yn ei hôl, er mwyn iddi hithau fedru mynd am ei chinio. Ond syllu'n gegrwth ar ddwy ffrog briodas a'r trimins i gyd roedd hi newydd eu hestyn o fag plastig du roedd Ann.

Alun

Ffôr ffyc's sêcs. Pam mae'n rhaid i bawb yn y dre 'ma ddod i'r siop i brynu rwbath am chwartar i un? A finna'n gorffan am un? Lwcus bod Dinesh wedi cyrraedd yn gynnar, fel arfar, neu mi fyswn i wedi bod yna trwy'r blydi p'nawn. A Shirley ar ei chinio ac Ann yn stelcian yn y cefn. A chyn hynny, ro'n i wedi treulio hannar y bora yn gwibio 'nôl a mlaen a thwtio silffoedd oedd eisoes yn berffaith drefnus, ac ymgymryd â nerth deg ewin â'm harbenigedd personol, sef Edrach fel Corwynt sydd yn Sobor o Brysur, fel taswn i mewn blydi clyweliad am gyflwynydd *Cyw*. A rŵan . . . rŵan mae hi'n ugain munud wedi un.

Be haru fi, deudwch? Yn g'rafun chwartar awr ychwanegol yn y siop. Fel tasan nhw wedi 'ngorfodi i i weithio am ddim! Wrth wneud gwaith gwirfoddol! A tydi hi ddim fel tasa gen i bnawn sy'n orlawn o weithgaredda cyffrous a gwahoddiada na fedra i mo'u gwrthod o 'mlaen. Tydi fy sifft yn y Bistro Bach ddim yn dechra tan hannar awr wedi pump. Ac mi fydd Dinesh yn siŵr o dynnu 'nghoes i yno heno am fod yn hen fastad blin. Nid yn yr union eiria hynny, wrth gwrs – tydi Dinesh byth yn rhegi. Dim ond tynnu coes yn ddiniwad a'i

40

lygaid yn llawn direidi. Ond mi fydda i'n ei chael hi ganddo fo jyst 'run fath. Eitha gwaith â fi hefyd – rydw i'n teimlo fy ffiws yn mynd yn fyrrach bob dydd ers i mi gyrraedd adra.

Coffi . . . ia . . . panad o goffi fysa'n dda. Ac mi wna i ei hyfad hi allan yn fama yn y sgwâr yn yr haul gan fod hwnnw wedi dangos wynab, a gwylio'r byd yn mynd heibio. A thrio gwneud rhai o'r ymarferion anadlu 'na ddysgon ni ar y cwrs drama. Y cwrs drama drama, fel rydw i'n ei alw fo erbyn rŵan. Cwrs drama drama fatha plisman drama drama. Da i ffyc-ôl. Wneith cyflog y Bistro Bach strejo i un o'r *triple-choc muffins* meddal melys 'na, sgwn i . . .

'Do, mae o wedi cael Gradd Anrhydedd Dosbarth Cynta mewn Celfyddydau Perfformio, Mrs Jones. Newydd gael y canlyniada.'

'Duwcs, da 'te . . . be 'di Celfyddydau be chi'n galw, deudwch?'

'Actio i chi a fi, Mrs Jones. Ond tydi bob dim yn gorfod cael rhyw enw crand dyddia 'ma.'

'Tydw i'n synnu dim. Doedd o wrth ei fodd yn gwisgo i fyny pan oedd o'n ddim o beth? Ac yn cymryd rhan yn bob dim roeddan ni'n wneud – yn yr Ysgol Sul, yr Aelwyd – rhywbeth lle roedd gofyn gwisgo i fyny ac Alun chi oedd y cynta i roi'i law i fyny.'

'Ia, roeddwn i'n teimlo weithiau y byddai'n rhaid i mi gael clo ar y wardrob – doedd o'n twrio ynddi byth a hefyd eisiau benthyg rhywbeth neu'i gilydd.'

'Deudwch wrtho fo 'mod i'n ei longyfarch o wir, Mrs Hughes . . . dwi'n siŵr eich bod chi a Mr Hughes yn browd iawn ohono fo.'

'. . . ac oherwydd 'ny, ma'n grant ni 'di ca'l 'i stopo'n gyfan gwbwl. Fi'n gwbod 'ych bod chi'n becso, 'di clwed y sïon ers sbel nawr, ond ro'n i'n siŵr y gesen ni arian o rwle. Chi'n gwbod – Theatr Mewn Addysg – gwasaneth i blant a phobol ifenc, hybu'r Gwmrâg, bla, bla, bla . . . Ond 'wi ddim 'di medru ca'l cinog o unman . . . gwasgfa economedd, pawb yn diodde, blaenoriaethe, a rhyw *bollocks* felly 'wi 'di ga'l ymhobman. Ma'n wir ddrwg 'da fi, bois . . .'

'Ond Alun, does dim ots – wir. Rŵan bod fy nghymeriad i wedi cael rhan sefydlog yn *Pobol y Cwm*, does dim eisiau poeni. Mi fyddwn ni'n iawn. Tasat ti'n gweithio am gyfnod a finna ddim, fysa hynny ddim yn broblam, na fysa? Felly, be 'di'r ots? Tydan ni ddim am adael i rwbath mor ych-a-fi â phres ddifetha'n perthynas ni, nac ydan?'

'Tasan ni'n gwbod dy fod di'n dod, Alun, mi fysan ni wedi papuro, neu o leia beintio. Bysan Gwil?'

'Be? O . . . bysan, siŵr.'

'Does dim eisiau i chi boeni am betha felly, Mam. Na chitha, Dad. Mae'n braf cael bod yn ôl yn rwla clyd a chyfarwydd.'

'M-m-m. Wel, mi rown ni gynnig ar sbriwsio tipyn ar y lle

yn ystod yr wsnosa nesa 'ma. Reit – panad? Ti'n siŵr o fod
bron â thagu wedi gyrru'r holl ffordd.'

'Ia plis, Mam. A diolch.'

'Paid â rwdlan, hogyn. Dy gartra di ydi hwn siŵr.'

'A diolch i chitha hefyd, Dad.'

'Dda dy gael di'n ôl. Siort ora.'

Aeth y gacan ddim yn bell. Mi fyswn i'n gallu llowcio dwy
arall yn ddigon handi. Tydw i ddim eisiau dechra bod adra
bob amsar cinio'n rheolaidd. Taswn i'n gwneud hynny, mi fysa
Mam yn mynnu gwneud rwbath wedi'i goginio i mi, yn
hytrach na'r frechdan neu gaws ar dost fydd hi'n gymryd ei
hun gan amla. Ac rydw i'n teimlo 'mod i'n cymryd mantais ar
Mam a Dad ddigon fel ag y mae hi. Ac yn torri ar draws eu
dedwyddwch haeddiannol. Ac mi fydda i'n teimlo'n rêl sinach
bach annymunol yn actio'r mab diolchgar tra 'mod i'n berwi
efo rhwystredigaeth tu mewn. Nid nad ydw i'n ddiolchgar
iddyn nhw, cofiwch, ond nid fel hyn roeddwn i wedi meddwl
y bysa petha'n troi allan – dod 'nôl adra efo 'nghynffon rhwng
fy nghoesa. Lwcus bod tamaid o swpar yn rhan o'r fargan yn
ystod y sifftia yn y Bistro Bach. Ac o leia o fod yn fan'no gyda'r
nos rydw i'n osgoi Pobol y blydi Cwm, a Mam wedi'i wylio'n
selog ers blynyddoedd. Chwara teg, tydi hi heb fynd i 'mol i'n
ormodol ynglŷn â beth aeth o'i le rhwng Fflur a fi, ond y
rhaglan ddwetha rydw i am ei gwylio ar hyn o bryd ydi Pobol
yr effing Cwm. A tydi gwbod mai fi fy hun sy wedi gyrru'r
hwch drwy'r siop ddim help. Ond fysa Dad byth wedi ymdopi

efo Mam yn gweithio ac ynta'n cyfrannu dim yn ariannol at redag y tŷ. Ocê, mae'r oes wedi newid drwyddi draw ers y dyddia hynny, ond beryg 'mod i'n fwy o fab 'y nhad nag ro'n i'n dybio. A sut bynnag, roedd y ffycin lyfis cyfryngaidd 'na'n annioddefol pan oeddan nhw i gyd efo'i gilydd . . . 'Theatr Mewn Addysg? O mi fyswn i wrth fy modd gwneud hynny – tydi o'n waith mor glodwiw . . . Ond fyswn i byth yn medru ei wneud o efo'r cefn 'ma sy gen i.' Na, wedi treulio gormod o amsar yn dy gwrcwd yn llyfu tina, debyg.

Rhaid i mi beidio meddwl fel'na, peidio corddi o hyd, neu mi fydda i'n cael hartan yng nghanol y stryd 'ma, o dan y cloc mawr, ac mi fydd yn rhaid i Dinesh redag allan o'r siop fel Dr Mac yn *Green Wing* a rhoi cusan bywyd i mi yn y fan a'r lle a fysa'r ddau ohonon ni byth yn clywad ei diwadd hi wedyn. Yn enwedig taswn i wedi prynu dwy arall o'r myffins 'na a'u llyncu nhw a sylweddoli wedyn mai camdreuliad oedd gen i ac nid wedi cael hartan yn y diwadd.

Tydw i 'rioed wedi dod ar draws neb tebyg i Dinesh – mae o'n siriol a chwrtais bob amsar. Gwahanol iawn i'r rhan fwya o'r *wannabe* cyfryngis oedd ar 'y ngwrs i – mi fysa'r rheini wedi gwerthu eu neinia, a neinia pawb arall, tasan nhw'n meddwl y bysa hynny'n prynu rhan ar S4C iddyn nhw. Ers i mi ddechra gweithio yn y Bistro a dod i nabod Dinesh, oedd yn gweithio yno'n barod, rydw i'n meddwl mai'r unig dro rydw i wedi'i weld o'n gwylltio oedd pan sylwodd o ar griw o ferched ifanc yn hambygio rhyw hen fachgan yn y stryd y tu allan i'r Bistro. Mae gen i gywilydd cyfadda, ond fysa gen i fy hun ddim digon

44

o ddiddordab, nac mae'n debyg, ddigon o asgwrn cefn, i fusnesu. Ond aeth Dinesh allan ar ei union i achub cam yr hen fachgan, a'i roi i eistedd ar un o'r cadeiria gwiail y tu allan i'r Bistro a chynnig panad iddo fo. Ac roedd hi'n amlwg doedd yr hen gono heb gael perthynas glòs efo dŵr a sebon ers sbel go lew. Lwcus mai ar fin agor oedd y bwyty, ac nad oedd na giw o gwsmeriaid yn y stryd yn disgwyl am eu swpar. Ond mi gafodd yr hen fachgan ei drin efo'r un cwrteisi â'r cwsmar gora gan Dinesh, ac aeth ar ei ffordd wedi gorffan ei banad yn ddigon sionc ac yn fodlon ei fyd. Mi ddylwn inna fod wedi camu i'r adwy – fatha Superman, efo 'nhrôns gora dros fy nhrowsus – ond does gen i mo'r mynadd fel'na efo pobol – fel y deudis i, mae fy ffiws i'n rhy fyr o lawar.

A tydi Dinesh ddim yn yfad. O gwbwl! Tydw i ddim yn lysiwr o fri, yn enwedig rŵan a phres yn brin, ond peidio yfad o gwbwl? Roedd un myfyriwr yn y coleg 'run pryd â fi oedd yn llwyrymwrthodwr. Tra oedd y gweddill ohonon ni'n mwynhau noson allan ar y lysh, mi fysa'r *sad bastard* hwnnw'n eistedd yn ei stafall yn gwylio DVDs – naci siŵr, yn waeth byth, fideos oedd ganddo fo – *C'mon Midffîld*, drosodd a throsodd. Synnwn i damaid taswn i'n clywad ei fod yn dal i eistedd yno'n eu gwylio, neu'n sefyll ar blatfform drafftiog yn rwla mewn anorac hyll yn nodi rhifa trena mewn llyfr bach fel tasai'i fywyd o'n dibynnu ar hynny. Damia – ers dod i nabod Dinesh, rydw i'n teimlo reit euog pan fydda i'n deud, neu hyd yn oed yn meddwl, petha cas am bobol. Heblaw am gyfryngis y brifddinas, wrth gwrs, mae'r rheini'n haeddu cael eu galw'n bob enw dan yr haul – a datblygu rhyw haint sy'n eu troi nhw i gyd yn felyn fel Minions . . . ac mi fysa hynna'n rhy dda iddyn nhw. Ond nid Fflur . . . nid ei bai hi oedd bod petha wedi gorffan fel y gwnaethon nhw . . .

Trwy Dinesh rydw i wedi dechra gwirfoddoli yn y siop hefyd. Mae ganddo fo fynadd Job ac mae o'n trin pawb, hyd yn oed y cwsmeriaid mwya diflas yno, efo hynawsedd diddiwadd. Mae o'n eu trin yn union fel y bydd o'n trin cwsmeriaid y Bistro, er ei fod yn rhoi'i amsar yn y siop yn rhad ac am ddim. Mi fyswn i'n lecio medru trin pobol fel mae Dinesh yn ei wneud. A medru gwneud hynny a bod yn fi fy hun – Alun – nid jyst bod yn neis neis pan mae rhyw ran neu'i gilydd yn galw am hynny. Er, erbyn meddwl, tydw i heb gael fawr o gyfla i fod yn neb ond fi fy hun ers i mi ddod adra. Fi fy hun – Alun, y bastad blin, difynadd, rhwystredig, hunandosturiol. Dros dri mis, a'r unig waith actio rydw i wedi'i gael ydi gwisgo i fyny fel Sali Mali mewn rhyw ŵyl llenyddiaeth plant. Ac o'r hyn y medra i gofio, pwtan fach dew, dindrwm oedd Sali Mali, nid polyn lein heglog dros chwe troedfadd, polyn lein heglog a phiwis ar y naw hefyd. Ond dyna ni – pwy arall fysa eisiau chwysu mewn gwisg drwchus ar ddiwrnod poeth o ha yn codi llaw yn ddi-ben-draw ar ugeinia o blant bach sgrechlyd a'u rhieni cwynfanllyd? Mae gwaith actio . . . be fydda Mrs Jones drws nesa'n ei ddeud ers talwm . . . cyn brinned â chyrains ym mara brith gwraig y gweinidog yn nhe bach y capal . . . ia, rwbath felly ydi gwaith actio, gwaetha'r modd. Rydw i wedi addo mynd â llun ohonaf fi yn fy ngwisg oren ora i'r Bistro i'w ddangos i Dinesh. Rhaid i mi drio cofio'r llun heno. Rŵan bod y tymor gwylia wedi dod i ben, mae petha tipyn tawelach yn y Bistro. Gobeithio bydd na ddigon o gwsmeriaid i mi fedru cadw fy lle yno nes y bydd hi'n dechra prysuro eto yn nes at y Dolig. Tasa hi'n mynd i'r pen, y fi oedd y dwetha i mewn, felly y fi fydd y cynta allan. Ac mi fysa hi'n anodd iawn osgoi Pobol y ffycin Cwm wedyn.

Hôm Jêms. Mi ga i sgwrs a phanad efo Mam a trio 'ngora i beidio bod yn flin, a chwilio am y llun ohonaf fi yn fy ffrog oren ysblennydd, cyn cael cawod a newid yn barod ar gyfar y sifft.

Dyddlyfr Robat Jones

Tydw i ddim am fynd â'r llyfr coch 'ma i'r sesiwn wythnos yma. Mae gen i stori werth chweil ar y gweill yn y llall i'r hen Helena. 'Mond tywallt fy nig ar y tudalennau ydw i yn hwnnw hefyd, ond rydw i wedi'i galw hi'n stori i blant. Stori i bobol fawr gachu ydi hi, go iawn, ond go brin y gwneith ein hybarch diwtor weld hynny. Ac os gwneith hi, 'mond dweud wrthi hi mai 'nofel abswrd ôl-fodernaidd' sy'i eisiau a beryg iddi hi ddŵad yn y fan a'r lle. Ond tydi hi ddim yn cael gweld hwn, sut bynnag. Un peth ydi eistedd yn fama'n smalio 'mod i'n sgwrsio efo person go iawn – a be ydi un o'r rheini p'run bynnag? – ond peth arall fyddai gadael i Helena fynd i'r afael â'm sgriblings personol. A beryg y byddai hi'n mynd amdani efo hyd yn oed mwy o'i sêl diflino. Cyn ffonio dynion y fan wen a'u gorchymyn i ddod i'r dosbarth yn syth bin – efo *strait-jacket* ar fy nghyfar. Pronto. Bod fy nyddlyfr wedi datgelu rhyw niwrosis neu seicosos neu ficsomatosis neu ryw 'osis' arall fyddai'n golygu 'mod i ddim ffit i fod o fewn cyrraedd dyn nac anifail. Heb sôn am ddynas.

Mae'n siŵr eich bod chi'n methu dallt pam na wnes i sôn am yr hofal tro dwetha. Rydw i'n meddwl mai smalio'i fod o heb ddigwydd oeddwn i, mai rhywbeth oedd wedi digwydd i rywun arall oedd o, neu hyd yn oed 'mod i'n profi rhyw lun ar *out of body experience* ac yn sbio ar y lembo di-lun 'ma'n gwneud llanast llwyr o'i fywyd a'i briodas heb lawn sylweddoli mai fi oedd o. *In denial* ydi'r term am hynny, rydw i'n meddwl, fel plant ysgol a stiwdants pan mae 'na arholiadau ar y gorwel. Ac fel rhieni pan mae 'na Ddolig drud arall ar eu gwarthaf. Am wn i. Does gen Shirley a finnau ddim plant felly fedra i ddim dweud i sicrwydd am hynny.

Mi wnes i drio. Efo Shirley. Trio 'ngorau. Ond doedd fy ngorau i ddim digon da. Roedd hi'n anodd a hithau wedi llwyddo i gael joban arall mor handi. A minnau'n tin-droi rownd y tŷ 'cw yn cymryd arnaf bod gen i gant a mil o bobol i gysylltu â nhw. *Contacts*. Pobol oedd yn baglu ar draws ei gilydd i hawlio fy ngwasanaeth campus a chlodwiw. Ac yn dyheu i estyn i ddyfnderoedd eu pocedi i dalu arian breision am y gwasanaeth hwnnw. Ond mewn gwirionedd, dim ond trwy drwch blewyn roedd y *contacts* eu hunain yn dal eu gafael yn eu swyddi. A ninnau ffri-lansyrs, wel, roeddan ni i gyd yn y cac at ein clustiau. A does dim rhaid i chi fedru sgwennu brawddag dyddiau 'ma i gyflwyno newyddion y dydd i bobol, beth bynnag. Ella 'mod i'n gwneud i mi fy hun swnio'n hen fel pechod, ond efo'r gwasanaethau newydd ar-lein, ar y ffôn, ar gefn stamp 'ma, mae popeth yn cael ei gyflwyno fel tasa fo ar gyfar cynulleidfa sy efo gallu rwdan i ganolbwyntio. A rwdan eithriadol o dwp ar hynny.

Ac mi fues i i weld y doctor drama 'na sy'n teyrnasu yn y

syrjeri hefyd. Er nad oedd Shirley'n credu 'mod i wedi mynd. 'Mi wneith y rhain helpu, Mr Jones. Triwch nhw a dewch yn ôl mewn mis i ni gael gweld sut fydd pethau erbyn hynny. A thwll eich tin chi rŵan. NESA!' Ddwedodd o mo'r darn ola 'na go iawn. Wel, ddim yn uchel, beth bynnag. Ond roedd hi'n amlwg ei fod o wedi cael hen ddigon arna i a'm tebyg. Niwsansys. Llygru ei feddygfa aseptig o yn cwyno am ein problemau a'r felan sy'n ein poenydio o'r herwydd. Dim asgwrn cefn, diffyg *moral fibre* – dyna ddwedai'r wên ffals oedd ar ei wynab o. Tra oedd ei feddwl o'n brysur yn cyfri'r wythnosau nes y byddai o'n cael mynd ar ei wyliau golffio i Jersey. 'Mond gobeithio y gwneith o hitio'i beli i gyd i'r môr. Y cwac diawl.

Tydi o ddim yr unig un, wrth gwrs. Mae 'na lot o bobol yn dal i feddwl mai rhyw wendid cynhenid ydi seldra. Neu hunafaldod, hyd yn oed. Ac mai mater o ddod at eich coed, styrio, gafael ynddi ydi hi. Ac os na fedrwch chi wneud hynny, wel, dewis cadw cwmni i'r felan ydach chi, siŵr. Rhyw fath o *lifestyle choice*, fel bod yn llysieuwr, neu redeg marathons. Tydi o ddim yn rhywbeth y byddech yn ei drafod efo llawar o neb yn fama hyd yn oed rŵan, yn yr oes oleuedig hon. Heblaw eich bod yn *celeb*. Neu'n well fyth, *celeb* o America. Maen nhw'n trin y peth fel tasa fo'n fathodyn anrhydeddus sy'n dangos eich bod yn perthyn i glwb dethol. Ac a dweud y gwir, os nad ydach chi wedi cael o leia un cwrs o therapi yno, mae 'na rywbeth o'i le efo chi. Sy'n ddigon o broblam ynddi'i hun i wneud i chi fod angan cwrs o therapi, wrth gwrs. Ond *lifestyle choice* i'r hen Joe Bloggs yn fama a hwnnw at ei wddw mewn triog yn rhygnu byw?

Wnes i ddim hyd yn oed mynd â'r presgripsiwn i'r fferyllfa. Fyddai'r tabledi ddim yn cael hyd i waith i mi. Pa mor wyrthiol bynnag oeddan nhw i fod.

Wnes i 'rioed feddwl y byddai Shirley yn fy nhaflu i allan. Wel, a bod yn deg, nid fy nhaflu i allan wnaeth hi, ond rhoi dewis i mi – aros, a thorri lawr ar y lysio, neu yfed faint fynnwn i. Ond yn rhywle arall. Swnio fel dewis amlwg tydi? Dewis y byddai'r twpaf o'r twpsod yn gweld ei ffordd yn glir i'w wneud yn iawn. Ond mynd yn ffrae wnaeth hi, a'r ddau ohonom am y gorau i ddweud pethau milain, pethau ofnadwy, pethau na fedrent gael eu dad-ddweud, dim ond er mwyn brifo'r naill a'r llall. A ninnau wedi bod trwy gymaint efo'n gilydd. Straen mae'n siŵr. Cyrraedd pen tennyn. Methu cymryd rhagor. Digon yn ddigon. Cig a gwaed ydan ni'n dau, wedi'r cwbl. Er, mae Shirley yn haeddu cael ei dyrchafu'n santes am roi i fyny efo fi cyhyd. Fedra i weld hynny rŵan. Ond roedd y sefyllfa wedi mynd yn drech na fi – dim gwaith, dim cyflog, teimlo'n dda i ddim, teimlo'n euog, a'r felan felltith yn stelcian, yn disgwyl am yr arwydd lleia 'rioed 'mod i'n dechrau gwegian. Tydi hynny ddim yn esgusodi'r yfed, cofiwch. Taflu petrol ar y tân oedd hynny. Ond os oedd gwydriad neu ddau yn gwneud i mi deimlo'n well, pam na fedrai potelaid neu ddwy wneud i mi deimlo'n ddeg gwaith gwell? Rhesymeg ar y diawl.

Fedrwn i ddim credu'r peth pan ffeindiais i fy hun yn y lle

'ma. Ro'n i'n disgwyl deffro a chanfod fy hun yn fy ngwely fy hun a darganfod mai hunlle oedd y cyfan. Ond wnes i ddim. A doedd yna ond un ffordd y gwyddwn i amdani hi a fyddai'n gwneud i'r hunlle bylu. Tasa hynny ond dros dro.

Tydw i ddim yn yfed llawar rŵan. I ddechrau, roeddwn i'n yfed gymaint ag y gallwn i o'r stwff rhata fedrwn i 'i brynu. 'Ran sbeit, yn rhannol, dwi'n meddwl. Meddwl 'mod i'n sbeitio Shirley – os ti'n meddwl 'mod i'n yfed gormod, yna mi ddangosa i i chdi faint gormod y medra i 'i yfed – trist iawn, feri sad, fel y byddai Mr Picton wedi'i ddweud. Tasa fo yma. Ond doedd o ddim. Na Shirley chwaith. Felly dim ond sbeitio fi fy hun roeddwn i. Ac fel y dwedais i, roeddwn i'n yfed i drio anghofio 'mod i yn yr hofal *bedsit* bach cachu 'ma. Ac na fedrwn i, er 'mod i wedi ymdrechu ymdrech fwy na theg i wneud hynny, roi'r bai ar neb arall.

Hefo a Heb

Stori i blant gan Robat Jones

1.

Un tro, dyma 'na hogyn bach o'r enw Hefo yn glanio mewn pentre bychan yng Nghymru mewn homar o long ofod fawr sgleiniog. Roedd rhieni Hefo yn y llong ofod hefyd ac roedd ganddyn nhw stribed o robots bychain oedd yn gyfrifol am gario bocsys a chesys a briffcesys wedi eu stwffio â phob math o bethau gwerthfawr fel darnau o blanedau eraill, a gemau, a stociau a chyfrannau, a hyd yn oed sbondwlycs pur oddi ar y llong ofod. Gyda'r trysorau hyn, mater bach iawn oedd hi i Hefo a'i rieni fedru prynu clamp o dŷ mawr, mor fawr yn wir nes eu bod yn gallu ymfalchïo mewn talu treth ar blastai. Roedd gan Hefo ei lofft ei hun wedi'i ddodrefnu a'i haddurno fel y mynnai. Roedd o'n cael digonedd o fwyd, dillad newydd bob tymor, pob *gadget* a ddymunai, anrhegion Nadolig drudfawr, partis pen-blwydd efo pobol hynod a diddan fel beirdd a chantorion ac enwogion o fri yn dod i ddiddanu'r gwesteion, a bwydydd parti o Waitrose ac M&S yn cael eu gweini gan y robots bychain, anferth o deledu gyda *surround* bob dim, a gwyliau haf ar y cyfandir (ar ôl treulio wythnos yn yr Eisteddfod, wrth gwrs – roedd Cymraeg y teulu yn rhyfeddod i'w chlywed gan eu bod wedi gwylio a gwrando ar bob pennod o *Teulu'r Mans* drosodd a throsodd ar eu siwrne yn y llong ofod. Cawsant eu hethol yn 'esiampl i'r plebs' gan yr Archdderwydd a derbyn tocyn braint oes i Gymanfa y Dethol Rai Cobenllyd).

Ar yr un pryd, fwy neu lai, ac yn yr un pentre ag y glaniodd Hefo a'i deulu yn eu llong ofod hwy, fe gyrhaeddodd Heb a'i deulu yn eu llong ofod hwythau. Roedd llong ofod teulu Heb wedi ei llunio o hen ddarnau o sgrap wedi rhydu, wedi eu dal at ei gilydd gyda chymysgedd o selotêp, felcro a No More Nails, a gwnaethpwyd defnydd helaeth o silicon i lenwi'r bylchau. Wrth lanio fe chwalodd y llong ofod yn racs jibidêrs gan adael Heb, ei rieni a'i frawd bach yn sefyll yng nghanol y rwbel rhydlyd a'u holl eiddo mewn dau focs brown, tri bag bin du a chasgliad bychan o fagiau plastig nad oeddent, yn ffodus, wedi gorfod talu 5 ceiniog yr un amdanynt. Roedd rhieni Heb yn cael trafferth cadw deupen llinyn ynghyd ar y naill blaned fel y llall; prin eu bod yn gallu strejo i dalu rhent ar y tŷ teras bychan lle roedd Heb yn rhannu llofft efo'i frawd bach. Roedd ei fam yn gwneud ei gorau i wneud i'r pres tŷ bara tan ddiwedd yr wythnos trwy wneud yn fawr o gynigion yr wythnos yn Tesco a Lidl ac Aldi, ond anaml iawn fyddai Heb a'i frawd yn cael trîts fel mefus neu stêc, a diolchai'r teulu yn aml eu bod wedi eu hachub rhag gorfod talu treth ar bastai. Byddai dillad Heb yn cael eu gwisgo nes byddai ei fferau a'i arddyrnau wedi ffraeo efo'r cyrion, ac yna'n cael eu patsio a'u pasio 'mlaen i'w frawd bach. Derbyniodd teulu Heb deledu gan gymdoges wedi iddi hi brynu un newydd, a byddai Heb yn ymweld â'r llyfrgell ac yn defnyddio'r cyfrifiadur yno; roedd yn poeni wrth glywed y sïon am gau llyfrgelloedd. Ni fyddai'n disgwyl gormod gan Siôn Corn, gan ei fod ef a'i frawd bach yn gwybod bellach nad oedd gan Siôn Corn ei hun, hyd yn oed, bocedi diwaelod. Byddai Heb yn mynd am bicnic arbennig wedi'i ddarparu gan ei fam ar ei ben-blwydd a doedd ganddo ef na'r un aelod arall o'r teulu basbort cyfredol. Ac er na fu i'r teulu ennill cystadleuaeth nac ennill cymeradwyaeth Pobol y Pethe am safon eu hiaith, trwy ddarllen y llyfrau Cymraeg prin roeddent yn berchen arnynt – sef eu Beibl, *Hanes Cymru* John Davies, a *Casgliad o Ysgrifau T. H. Parry-Williams* – ar eu taith, roedd eu Cymraeg yn gyhyrog ac urddasol.

Cafodd mam Hefo waith mewn swyddfa am ddeuddydd yr wythnos. Roedd hi bob amser yn dweud bod pethau'n 'hectig' yn y gwaith a'i bod yn slafio yno am y nesaf peth i ddim. Dechreuodd tad Hefo wneud Rhywbeth Pwysig oedd yn golygu dipyn go lew o deithio a chiniawa ac Edrych yn Brysur. Roedd tad Heb yn credu mai sioe oedd y cwbwl ac mai 'uffar diog' oedd tad Hefo.

Roedd mam Heb yn gweithio mewn siop am hynny o sifftiau y medra hi eu cael mewn wythnos, er ei bod hi wedi trio am sawl swydd mewn swyddfeydd tebyg i'r un lle gweithiau mam Hefo: roedd y sifftiau yn y siop yn hectig iawn, ac er bod mam Heb yn gweld y bobol roedd hi'n gweithio gyda nhw yn glên iawn, byddai'n teimlo fel tynnu pob blewyn o'i phen yn aml iawn oherwydd bod y gwaith mor ddiflas ac undonog. Roedd tad Heb yn bensaer ond roedd o wedi methu cael swydd hyd yn hyn. Doedd o ddim yn gwneud dim teithio – dim ond i'r Ganolfan Waith ac ambell gyfweliad – ac ychydig iawn o giniawa. Roedd o wedi hen roi'r ffidil yn y to ar Edrych yn Brysur ac yn hytrach yn stwna o amgylch y tŷ. Roedd tad Hefo yn ei alw'n 'uffar diog'.

Beti

Rydw i'n sylweddoli 'mod i'n lwcus, wyddoch chi. O'm cymharu â llawer, ynte? Yn enwedig pobol ifanc. A phobol hŷn, fel fi fy hun, petai hi'n dod i hynny. Mae gen i 'nheulu a'm ffrindiau a'm hiechyd; mae Alwyn, y gŵr, yn dal i weithio, felly 'does ganddon ni ddim problemau ariannol mawr; mae Gwyn, y mab, a Mari, y ferch-yng-nghyfraith, yn byw yn lleol, felly rydw i'n cael mwy na digon o gyfle i weld Leah, fy wyres fechan, ac rydw i'n mwynhau dod yma i'r siop i wirfoddoli am fore yr wythnos. Mae'n handi i Shirley ac Ann gael rhywun sydd wedi arfer efo gweithio til, er tydi'r til newydd 'ma mae'r pwysigion wedi mynnu ei osod yma ac ym mhob siop arall – un sy'n cael ei weithio trwy gyfrifiadur, wrth gwrs – yn ddim byd ond trafferth. Does ond angen i un ohonon ni disian o fewn hanner canllath iddo fo a mae o'n strancio a phwdu. Ac wedyn mi fyddan ni'n ôl i'r hen drefn efo papur a phensal a newid mewn tun nes y bydd o'n dod at ei goed.

Mi fues i'n gweithio yn y Queen's am flynyddoedd. Yr adeg hynny – bobol bach, rydw i'n gwneud i mi fy hun swnio fel hen gant rŵan – roedd y lle'n westy eitha llewyrchus, gydag ymwelwyr rheolaidd, y *regulars*, fyddai'n aros yno bob wythnos neu bob mis, neu bob haf. Ac roeddwn i'n mwynhau eu cyfarch a holi amdanynt cyn eu harwain i'w stafelloedd. Derbynnydd, neu *receptionist,* fel yr oedden ni'n ei ddweud bryd hynny, oedd fy nheitl, ond byddai Mr Hughes, oedd piau'r lle, yn fy ngalw yn ei *Girl Friday,* fyddai'n gwneud i mi a'r gwesteion wenu, gan fod fy nyddiau i o fod yn *girl* unrhyw beth yn prysur ddiflannu, hyd yn oed bryd hynny. Methu cystadlu, dyna ddigwyddodd i'r Queen's – Mr Hughes yn mynd yn hŷn, angen arian mawr i foderneiddio'r hen le, a llefydd fel Travelodge yn codi fel mysharŵms ac yn cynnig lle i aros yn rhad ac yn hwylus i bobol. Wetherspoons brynodd y Queen's yn y diwedd – roedd yr adeilad yn dechrau mynd â'i ben iddo, a roedd hi'n biti gweld y lle felly a minnau wedi mwynhau gweithio yno. Mae'n syndod faint o hen westai crand a hen adeiladau eraill mae Wetherspoons wedi eu cymryd dan eu hadain – oherwydd bod gen i ryw lun ar gysylltiad â'r sefyllfa, mi fydda i'n sylwi ar y llefydd 'ma os byddan ni i ffwrdd ar ein gwyliau. A be ydi'r gorau, yntê – i gwmni fel Wetherspoons brynu'r llefydd 'ma ac ypsetio llawer i un, ynteu gadael i'r puryddion gael eu ffordd a gadael i'r hen adeiladau fynd rhwng y cŵn a'r brain oherwydd na fedrith neb arall fforddio eu cynnal? Wn i ddim. Ond doeddwn i ddim am drio am swydd yn Wetherspoons – go brin y bydden nhw am gyflogi *receptionist* o gwbwl, heb sôn am un yn f'oed i. Na, lle i bobol ifanc ydi o bellach, a phob lwc iddyn nhw, wir. Cefais swydd yn Morgans wedyn am gwpwl o ddyddiau'r wythnos. Ac er nad oeddwn wedi gweithio mewn siop cyn hynny, roeddwn wedi hen arfer trin pobol, a thrin arian.

Roedd hi'n loes calon gen i pan gaeodd y siop – roedd Emma a Tom wedi gweithio fel lladd nadroedd i foderneiddio'r busnes. Ac roeddwn i'n cofio ambell i drafeiliwr fyddai'n dod i weld tad Emma yn aros yn y Queen's hefyd ers talwm – gwŷr bonheddig, bob un. Methu cystadlu, dyna ddigwyddodd i Emma a Tom hefyd – Tesco ac Argos a'u tebyg efo fwy o glowt, debyg, efo'r cyflenwyr. Mi fydda i'n gweld Emma yn y dref bob hyn a hyn – mae hi'n dal i deimlo'n ddrwg 'mod i wedi colli 'ngwaith yno, mi fedra i ddweud arni hi. Ond bobol bach, mi wnaethon nhw bob dim a mwy i drio cadw'r busnes i fynd, ac mae digon o waith ganddyn nhw i gael eu traed danynt eu hunain, heb boeni amdana i. Maen nhw'n byw efo rhieni Tom tan bydd pethau ar i fyny iddyn nhw eto – ei dad o'n ddyn neis iawn. Ond am ei fam – rydw i'n siŵr bod Emma druan wedi gorfod brathu ei thafod gymaint nes ei fod o fel doili erbyn hyn.

Ond rhaid i mi beidio bod yn gas am y ddynes – rydw i'n siŵr y byddwn innau'n mynd ar nerfau Mari petaen nhwythau'n gorfod byw acw. Pawb â'i ffordd ydi hi, yntê?

Bron yn chwe mis ydi Leah, fy wyres, merch fach Gwyn a Mari. Mae hi'n afal o fabi bach bodlon, werth y byd. Mi fydd 'na hwyl i'w gael efo hi dros y Dolig, er na fydd hi'n ddigon hen i ddeall yn iawn be sy'n mynd ymlaen. Os bydd hi rywbeth yn debyg i Gwyn – a phob plentyn bach arall, am a wyddwn i – mi fydd ganddi hi fwy o ddiddordeb mewn papur lapio a bocsys nag yn eu cynnwys eleni. Gwell i Gwyn a Mari wneud yn fawr o hynny – buan iawn mae plant yn dechrau bod eisiau bob dim. A chymaint mwy iddyn nhw fod ei eisiau dyddiau 'ma – dyna ni eto, yr hen gant yn dod i'r fei! Maen nhw wedi bod yn dod aton ni, bob yn ail â theulu Mari, am ginio Dolig ers iddyn nhw briodi, ond rydw i wedi dweud wrthyn nhw eleni nad ydi Alwyn a finnau'n eu disgwyl, er bod croeso iddyn nhw alw unrhyw bryd yn ystod yr ŵyl. Chwarae teg iddyn nhw, mi fyddan nhw eisiau Dolig bach eu hunain fel teulu. Ac mae pethau'n gallu mynd ym gymhleth, a phobol yn trio plesio pawb a pheidio pechu, a'r cwbwl yn troi'n rhyw strach ddiderfyn. Mi fyddai Mam yn arfer ein disgwyl ni bob Dolig am ginio, ac yna gorfod mynd i dŷ rhieni Alwyn a stwffio clamp o de lawr wedyn nes ein bod ni'n dau'n reit sâl yn cyrraedd adre a ddim eisiau gweld bwyd tan y flwyddyn newydd! Ac wrth gwrs, unwaith roedd Gwyn yn ddigon hen, roedd o eisiau aros adre i chwarae efo'i deganau, yn hytrach na llusgo i dŷ Nain, ac yna i dŷ Taid a Nain, a gorfod bod ar ei *best behaviour* trwy'r dydd. Bydden ni'n tri'n edrych 'mlaen at ŵyl San Steffan i ni gael ymlacio. Tydw i ddim eisiau i Gwyn a Mari a'r fechan orfod dioddef rhyw Nadolig straenllyd felly, wir.

Mae Mari i fod i ddychwelyd i'w gwaith ar ôl y Pasg. Mae hi'n poeni am y peth yn barod, a ddim am adael Leah. Mi fyddai hi wrth ei bodd medru aros gartre efo hi am flwyddyn neu ddwy, o leia. Dysgu mae Mari, ac er ei bod wedi medru torri lawr i bedwar diwrnod yr wythnos, mae hi'n teimlo nad oes wiw iddi hi ofyn am dorri lawr rhagor rhag i'r ysgol gymryd hynny fel esgus i ddod â'i chytundeb i ben. Ac er nad ydi Mari'n ddeg ar hugain eto, mi fyddai hi'n rhatach i'r ysgol gyflogi athro neu athrawes sydd newydd gymhwyso. A gyda'r rheini'n tywallt allan o'r colegau hyfforddi fel y nawfed don, mae Mari'n teimlo dan bwysau i ddal ei gafael yn ei swydd. Rydw i am gymryd Leah am ddeuddydd yr wythnos a rhieni Mari – mae'r ddau wedi ymddeol – am ei chymryd hi am y deuddydd arall. Ac mae Mari'n ffodus o gael gwyliau go lew. O leia fydd ganddyn nhw ddim costau gofal plant wedyn. Roeddwn i wedi dychryn pan glywais i faint ydi lle i blentyn mewn meithrinfa dyddiau 'ma. Roedd pethau cymaint haws ar un ystyr pan oedd Gwyn yn fabi – roedd rhywun yn disgwyl aros gartre am gyfnod, a gyda dim ond un plentyn i ofalu amdano, a Mam yn helpu – diolch amdani hi, er gwaetha'r Nadoligau straenllyd – a Mr Hughes yn y Queen's yn fodlon i mi weithio sifftiau o amgylch y teulu nes bod Gwyn yn yr ysgol, roedd bywyd yn hawdd o'i gymharu â bywydau rhieni ifanc heddiw.

Rydw i'n teimlo dros y bobol ifanc 'ma i gyd, boed yn rhieni neu beidio – y rhan fwya ohonyn nhw wedi gweithio'n galed yn yr ysgol a'r coleg – ac wedi hel llond trol o ddyled wrth wneud hynny, gan amlaf – a dim gwaith i'w gael iddyn nhw yn yr ardal yma, faint bynnag mae'r hen wleidyddion celwyddog 'ma'n clochdar am welliant yn yr economi ar y newyddion byth a hefyd. Neu dim gwaith a gafael ynddo o leia. Mae dau o hogiau annwyl iawn yn gwirfoddoli yma yn y siop – Alun a Dinesh – y ddau efo cymwysterau gwerth chweil, a'r ddau'n gweithio sifftiau yn y Bistro Bach. Peidiwch â 'nghamddeall i – does 'na ddim byd o'i le efo gweithio yn y Bistro Bach nac yn unman arall – ond mae gan Alun radd mewn Actio a Dinesh radd mewn Archaeoleg. Does 'na ddim math o gyfleoedd yma iddyn nhw, ond mae hi'n anodd mynd i lefydd eraill i chwilio am waith, ac am gyfweliadau gyda chostau teithio mor uchel, a gwybod bod 'na ugeiniau, os nad cannoedd hyd yn oed, yn trio am yr un swyddi, yntê?

Chwarae teg iddyn nhw am roi o'u hamser yn y siop. Ac mae hi'n braf cael cwmni pobol ifanc, pobol na fyddwn i'n debygol o ddod i'w hadnabod mewn amgylchiadau eraill. Heblaw taswn i'n dechrau mynd i Wetherspoons, ella! Dwy o rai clên ydi Shirley ac Ann hefyd. Rydw i'n meddwl bod Shirley a'i gŵr yn mynd trwy gyfnod anodd ar hyn o bryd. Fydda i ddim yn holi, wrth gwrs, ond mae golwg rhywun sy dan straen arni hi. Rydw i'n ei chofio hi'n wraig ifanc newydd ddechrau gweithio yn y banc flynyddoedd yn ôl, pan fyddwn i'n mynd yno i Mr Hughes – dynes neis iawn, a bob amser yn gyfeillgar a pharod ei chymwynas os oedd 'na rywun yn cael trafferth efo rhywbeth. Ac wrth gwrs, bryd hynny – meddai'r hen gant eto – roedd y rhai oedd yn gweithio yn y banc yn adnabod eu cwsmeriaid ac yn deall eu gofynion i'r dim. Rŵan, os ydych chi'n digon ffodus i gael sylw person yn hytrach na pheiriant, maen nhw i gyd wedi cael ordors oddi fry i drio'ch perswadio i gymryd pob math o bethau na wyddoch am eu bodolaeth, heb sôn am weld eu heisiau.

Wel, dyna fi wedi rhoi'r byd yn ei le am heddiw – mi fyddech yn tybio y byddai rhywun yn rhywle wedi sylwi ar fy nawn ddiamheuol a 'ngwneud i'n Brif Weinidog erbyn hyn. Er bod Magi Thatcher, yr hen gnawes iddi hi, wedi gwneud môr o ddrwg i ni ferched. A fawr o les i neb arall chwaith.

Ond fel y deudais i, rydw i'n lwcus o'm cymharu â llawer. Lwcus iawn.

Shirley

Dyna ddiwrnod arall drosodd, wel bron iawn drosodd, o leiaf, meddyliodd Shirley wrth gerdded o'r stop bws at y tŷ. Roedd Ann a Beti wedi bod yn cadw llygaid pryderus arni trwy'r dydd – Beti gydol y bore ac Ann wedyn yn y prynhawn – fel petai'r ddwy fel ei gilydd yn disgwyl iddi hi gael nyrfys brecdown yng nghanol y siop unrhyw funud a malu'r arddangosfa o nwyddau Nadolig yn siwrwd, cyn neidio i fyny ac i lawr ar y gweddillion a sgrechian nerth esgyrn ei phen nes y deuai'r dynion yn y cotiau gwynion i'w thywys i stafell dywyll. Ac roedd hynny, cyfaddefodd Shirley wrthi hi'i hun yn fingam, yn ddigon tebygol.

Mewn un ffordd, barnodd Shirley wrth roi'r goriad yn nhwll y clo, roedd gyda'r nos yn fendith: roedd amser gwely'n dod yn nes, er nad oedd hi'n cysgu'n dda o gwbwl, a doedd 'na fawr mwy o'r diwrnod yn weddill i frwydro gydag o. Na dyletswydd i ddal blawd wyneb efo pobol. Gallai suddo i noddfa'r gadair freichiau gyda'i phryd parod ar hambwrdd a gwydraid o win. A gadael i'r teledu chwydu ei sgrwtsh drosti heb dalu fawr o sylw iddo.

Ond cyrraedd adref oedd yn anodd. Camu i mewn i'r tŷ

gwag a gwybod nad oedd dim diben galw 'Helô' neu 'Dwi yma'. Gwybod na fyddai'n torri gair â neb tan y bore canlynol. Os na wnâi hi ymdrech i fynd allan, neu godi'r ffôn ar rywun. Dyna oedd realiti bywyd i bawb oedd yn byw ar eu pen eu hunain, wrth gwrs. Ond efallai nad oedd tŷ a fwriadwyd ar gyfer un yn teimlo'n wag o fod ag un ynddo. Ac efallai ei fod yn teimlo'n orlawn o fod â dau ynddo. Ond roedd tŷ a fwriadwyd ar gyfer dau – wel, o leiaf ddau – yn teimlo fel y Tardis gyda dim ond y hi ynddo fo. Dim ond yn y stafell fyw a'r llofft y byddai hi'n treulio'i hamser bellach – doedd ganddi ddim amynedd coginio iddi hi'i hun ac roedd holl declynnau diweddaraf y gegin yn hel llwch yn gyhuddgar ar y silffoedd yno. Ac o edrych fel tŷ *semi* digon cyffredin o'r tu allan, teimlai Shirley fod y tu mewn yn chwyddo'n fwy ac yn fwy, er ei fod ar yr un pryd yn cau i mewn arni hi, yn enwedig rŵan bod y dyddiau'n dechrau byrhau. A'r oriau mân yn gallu bod yn hunllefus – pob bwgan posib ar droed, ynghyd ag un neu ddau cwbwl hurt bost. Heb sôn am yr alsesiyn.

Ble roedd y ffin rhwng teimlo'n ddigalon, seldra, a mynd yn dwlal? Cwestiwn y byddai gan Robat ddigon i'w ddweud yn ateb iddo, siŵr o fod. Roedd hi'n teimlo'n sobor o ddigalon, ond a oedd hynny'n cyfrif fel seldra? Beth fyddai Robat yn ei ddweud? Os oedd modd codi calon rhywun oedd yn teimlo'n isel drwy fynd â nhw am bryd o fwyd blasus, neu eu llonni gyda dos o *retail therapy*, yna teimlo'n ddigalon – o bosib yn ddigalon iawn – roedden nhw. Ar y llaw arall, os oedd y feri syniad o wneud y pethau hynny'n drech na nhw, yna dioddef o seldra oedden nhw. Petai hi'n derbyn hynny fel pren mesur, yna doedd pethau ddim yn argoeli'n dda iddi hithau.

Y rhwystredigaeth oedd y peth gwaethaf ar y cychwyn, meddyliodd Shirley, pan ddechreuodd Robat ddiodde'r pyliau. Rhwystredigaeth ac euogrwydd na fedrai hi wella Robat trwy ei hymdrechion ei hun. Fel petai hi'n meddwl ei bod yn chwaer gron gyfan i Iesu Grist, ac yn berchen rhyw allu arallfydol i iacháu. A Robat, drwy'r cwbwl, yn gweld ei bod hi'n ymdrechu ac wedyn yn teimlo'n euog ei hun. Mi ddysgodd hi fod yn rhaid derbyn y pyliau fel ag yr oeddent yn dod, a chadw'i hun cyn iached a phositif ag y medrai nes y byddai'r plwc wedi mynd heibio. Byddai Robat ei hun yn disgrifio'r peth fel mynd lawr allt heb ddim brêcs pan fyddai'r felan yn dechrau cydio. Doedd dim tamaid o ots beth fyddai o'n ei wneud bryd hynny, byddai ar ei ffordd i'r pwll du diwaelod.

Efallai y dylai hi fod yn ystyried gwneud mwy o ymdrech i fod yn gymdeithasol cyn iddi hithau blymio i'r pwll ar ei phen. Ond y gwir amdani oedd ei bod hi wedi sbyddu ei holl egni'n cadw'i phen uwchben y dŵr gydol y dydd. Doedd ganddi hi mo'r nerth, nac yn wir yr awydd, i ymgymryd â'r ymdrech oruwchnaturiol y byddai angen ei gwneud i fod yn gymdeithasol. A chan ei bod hi a Robat wedi bod yn gymaint o fêts, er gwaetha'r cyfnodau drwg, ychydig iawn o ffrindiau agos oedd ganddi hi – y math o ffrindiau nad oedd yn rhaid gwneud rhyw fath o sioe o fod yn teimlo'n hapus ac yn hwyliog yn eu cwmni. A'r peth olaf roedd arni hi ei angen oedd cael ei llusgo allan i gymysgu efo pobol eraill oherwydd bod hynny, rywsut, i fod i wneud i rywun deimlo'n well. Fel petai bod yn unig yng nghanol criw yn well na bod yn unig gartref ar eich pen eich hun. A phawb yn gwybod mai'r gwrthwyneb oedd yn wir mewn difrif – gallai bod fel gwsberen yng nghanol criw wneud i rywun deimlo'n affwysol o unig.

Mor unig â dod adref i dŷ gwag bob gyda'r nos. A dim ond trallodion melodramatig sêr yr operâu sebon yn gwmni, a'r parwydydd yn chwarae mig.

Trefor a Diane

'Ond mae gen ti lond wardrob o "ddillad mynd allan," chwadl chditha – be sy'n bod efo gwisgo un o'r rheina?'

Rêl dyn. Tydi Trefor ddim yn dallt. Tydi o ddim yn sylweddoli na fedra i fynd i Ginio'r Gymdeithas mewn gwisg y byddan nhw eisoes wedi'i gweld. Mi fydd pawb yno'n meddwl 'mod i wedi gorfod 'gwneud y tro', ac yn sisial wrth ei gilydd pa mor dlawd ydi hi arna i, arnan ni, ers i'r iard gau. Er, rydw i wedi dweud wrth bawb fod Trefor yn gwneud gwaith ymgynghorol bellach ac yn gweithio o gartre gan mwya. Yn hytrach na dweud yn blaen fod y lembo di-lun dan 'nhraed i o fore gwyn tan nos. Ac yn trio dwyn perswâd arna i nad ydan ni angen tŷ mawr erbyn hyn, a'r hogiau wedi hen dyfu a 'madael. Ac yn mwmial nad ydi o'n mynd dim fengach a mwydro am *downsizing* a wynebu realiti ariannol a pha mor braf fyddai bwthyn bach yn y wlad efo digon o le i gadw rhyw ychydig o ieir a thyfu tatws a jirêniyms. Petai o'n codi oddi ar ei ben ôl a gwneud mwy o ymdrech i chwilio am waith yn hytrach na mynd rownd y lle'n diffodd pob switsh, a throi'r gwres canolog lawr mor isel nes ei bod hi fel yr Arctig yn y tŷ, mi fyddai pethau'n well. Heb sôn am y ffaith ei fod o wedi dechrau 'nghroesholi bob tro y daw mantolen o'r banc trwy'r post, neu fil cerdyn credyd. Mae o'n mynd trwy bob eitem gyda chrib mân ac yn holi a ydi hwn a'r llall yn 'gwbwl angenrheidiol' fel hen gybydd o ryw nofel o oes Fictoria. A tydw i ddim yn symud i'r wlad. Rydw i wedi cadw'r tŷ fel pin mewn papur ers blynyddoedd, wedi cynnal *soirées* heb eu hail i'n ffrindiau dethol, ac wedi annog Trefor i ymuno â chymdeithasau lle bydd o'n gallu cymysgu efo pobol fusnes lwyddiannus eraill. Tatws a jirêniyms wir! Tydw i ddim yn barod i'm rhoi allan i bori.

Be sy'n bod ar datws a jirêniyms – dyna dwi isio'i wbod. Fysach chi'n meddwl 'mod i'n mynd i agor siop Ann Summers yn y parlwr gora a gwadd aeloda'r blydi Gymdeithas i gyd yno fory nesa. O leia mi fysa hynny'n rhoi testun siarad i'r diawliaid busneslyd am dipyn. Ond fel'na mae Di wedi bod 'rioed – dal i gredu yng nghefn ei meddwl ei bod hi wedi priodi rhywun o statws is na hi'i hun. Er mai cadw siop oedd ei thad hi, heddwch i lwch yr hen Idris – Idris Thomas, Ironmonger. Ac ella bod yna ddau lawr i'w siop o, ond eirynmyngyr ydi eirynmyngyr be bynnag ddeudwch chi. Ond roedd ei mam hi 'run fath yn union. Dwi'n cofio'r tro cynta i mi gael fy ngwadd yno i de – roedd fy nwylo i mor fawr nes doeddwn i'n methu'n glir â chael gafal ar glust y gwpan. Ac ofn torri'r tsheina gora. A thrio dal y sosar a rhyw blât bach oedd yn edrach fel tasa fo'n torri 'mond i chi sbio arno fo a llwy de a chyllall. A chloman glai o sgonsan oedd yn dda i ddim ond i ddal to sinc y cwt glo lawr mewn corwynt. A finna'n canolbwyntio ar jyglo'r tacla 'ma i gyd a dyma'r ddynas yn gofyn i mi be oedd fy mhrosbects i! Wel, 'tawn i'n marw yn y fan a'r lle, i lawr â'r cwbwl lot. Lwcus bod y carpad mor drwchus, 'naeth 'na ddim byd dorri'n ufflon, ond mi fu ond y dim i 'mhrosbects i gael eu difetha am byth wedi gollwng y te poeth ar fy mhethmas.

Ond mi fydd yn rhaid i ni neud rwbath – fedran ni ddim fforddio rhedag y tŷ mawr 'ma a finna heb waith. Tydi o'n llyncu pres fel rhyw forfil yn llyncu pysgod bach. A tasan ni'n symud o'r dre 'ma, ella byswn i'n cael dechra pysgota eto. Os nad ydi'r gêr i gyd wedi pydru yn y sièd erbyn hyn. Sut bynnag, mae'n rhaid gneud rwbath. Ond tydi Di ddim isio gwbod. Mae hi'n meddwl mai matar o bicio allan, deud wrth pwy bynnag ddaw heibio pa mor wych ydw i, a *hey presto* – swydd newydd sbon a'r un arian ag oeddwn i'n gael wrth gadw'r iard. Tydi hi ddim yn sylweddoli nad oes gen i fawr o hôps o gael dim byd, a finna wedi pasio 'nhrigian. Mi wn i ei bod hi'n ddigon hawdd siarad yng ngoleuni doethinab trannoeth, ond mi 'nes i ryw hannar 'styriad gwerthu'r busnas ryw 'chydig flynyddoedd yn ôl – 'rôl i'r hogyn fenga 'cw orffan yn y coleg a symud o'ma go iawn. Doedd na 'run o'r ddau wedi dangos unrhyw ddiddordab yn y busnas, a finna'n gweld fy hun yn gweithio oria mawr i ddim byd erbyn hynny rywsut. Ac mi fyswn i wedi cael pris da am yr iard 'radag honno. Ond rhyw bydru 'mlaen nes i – ofn gollwng yr awena, mae'n siŵr. A ddim

70

yn gwbod be fyswn i'n neud efo fi fy hun trwy'r dydd bob dydd heb waith i fynd iddo fo. Ac ofn be fydda Di'n ddeud, debyg. Ac unwaith y dechreuodd petha fynd i lawr, wel, fedrwn i ddim gwerthu wedyn – fysa 'na neb yn ei iawn bwyll wedi cymryd y lle 'mlaen. A finna'n trio cadw'r iard i fynd er mwyn yr hogia oedd yn gweithio i mi – pump ohonyn nhw ar y clwt erbyn hyn. Ambell un yn lwcus wedi cael bachiad yn rwla arall, neu'i wraig yn dod â phres i mewn. Ac un wedi cael gwaith i ffwrdd. Ond mae'n ddu iawn ar un neu ddau.

A dw inna wedi bod ar fai yma hefyd, yn gofalu am y bilia a phob dim felly, ac yn gadal i Di wario fel fynno hi – ar yr hogia, wedyn ar y tŷ ac arni hi'i hun. A fedrith hi'm dallt bod rhaid cwtogi rŵan. Dwi'm yn meddwl ei bod hi isio dallt chwaith.

Heb sôn am y lol efo'r 'gwaith ymgynghorol' 'ma dwi fod yn neud. Cadw iard nwydda adeiladu dwi wedi neud ers yn agos at ddeugain mlynadd – be ddiawl fydda pobol isio 'ymgynghori' efo fi'n ei gylch? Sut i adeiladu tŷ bach yng ngwaelod yn ardd? Sut i wylio deugain mlynadd o waith yn diflannu lawr y tŷ bach hwnnw am fod y wlad ar ei thin?

Fysa'n gneud dim drwg i Di sylweddoli nad ydi tatws yn dod yn syth o Marks & Spencer chwaith. A dwi'n licio jirêniyms.

'Lwc i mi'ch gweld chi, Diane. A tydach chi'n dda, deudwch. Mynd i brynu'ch cardiau Dolig yn y siop elusen rŵan! Codi cywilydd arna i wir!'

'Trio bod yn drefnus . . .'

'Chi sy'n iawn, wrth gwrs. A finna'n chwit-chwat. Heb ddod dros y gwyliau eto. A methu meddwl am Dolig. Er, mi fyddwn ni'n mynd am ein dos o haul dros y flwyddyn newydd, fel arfer. Beth amdanoch chi?'

'Tydan ni heb wneud unrhyw drefniadau eto . . . ddim yn siwr be 'di planiau'r meibion . . . rhag ofn y byddan nhw'n dod i aros . . . efo'r wyrion . . .'

'Braf eich byd, Diane fach. A sut mae Trefor? *Mor* falch ei fod o yn – be ddeudsoch chi? – yn gwneud gwaith ymgynghorol. Tydi gwaith mor brin? A 'run ohonon ni'n mynd dim iau. Dwi'n siŵr eich bod chi wrth eich bodd yn ei gael o adra, ac yntau wedi gweithio oriau maith yn yr iard am yr holl flynyddoedd.'

'Ydw . . . heb weld gymaint arno fo ers . . .'

'O, dwi'n siŵr ei bod hi fel *second honeymoon* acw! Ydach chi'n mynd i fedru llusgo'ch hun oddi wrtho fo i ddod i Ginio'r Gymdeithas wythnos nesa?'

Hen ast snobyddlyd ydi Joyce. Wn i ddim pam mae Di yn poitsian efo hi a'i thebyg, a deud y gwir. Ond mae petha fel'na wastad wedi bod yn bwysig iddi hi – cymysgu efo'r 'bobol iawn', cael ei derbyn yn aelod o'r gymdeithas hon, neu'r clwb arall.

Mi aeth hi i dop y catsh pan ddaeth hi adra. Wedi clwad rhai o'r genod sy'n gweithio yn y siop trin gwallt yn deud bod gan y siop elusen yn y dre *designer rail* erbyn hyn. Beth bynnag ydi un o'r rheini. Sut bynnag, gan 'mod i'n bod mor afresymol ynglŷn â'r ffaith ei bod hi angan – ia, angan, cofiwch – rwbath newydd i'w wisgo ar gyfar Cinio'r Gymdeithas wsnos nesa, roedd hi wedi mynd yno i gael golwg ar gynnwys y *designer rail* 'ma. Ond pwy sbotiodd hi drwy'r ffenast ond Joyce-mae-mhig-i-musnas-pawb – mi fysa honna'n gneud i Rosa Klebb edrach fel y Fam Teresa – a'i diwadd hi oedd bod Di wedi dod o'r siop efo llond trol o gardia Dolig crand. Ac ia, rydach chi'n llygad eich lle – fy mai i ydi o. I gyd. Pwy fysa'n meddwl. Cynta'n byd gawn ni warad ar y lle 'ma, gora'n byd. Dim mwy o filia at fy nghlustia, dim mwy o 'waith ymgynghorol' ddiawl, dim mwy o gystadlu efo'r cymdogion, dim mwy o aeloda'r blydi Gymdeithas yn sbio lawr eu trwyna ar bawb a phopeth.

'Ti'n siŵr nad ydi hi'n edrach fel ffrog ail law?'

'Di – ti'n edrach yn lyfli. Wir yr. '

'Wel, mi fydd yn rhaid iddi wneud y tro. Ac mae'r label dal ynddi hi. 'Betty Jackson.''

'M-m-m. Mwynha dy hun. A tyd â sws i mi cyn mynd.'

'Trefor! Paid â bod yn wirion. Neu mi fydd y ffrog 'ma'n grychau i gyd cyn i mi adael y tŷ.'

Pwy ddiawl ydi Betty Jackson? Ydw i fod i'w nabod hi? 'Nes i ddim gofyn. Beryg i mi roi 'nhroed ynddi hi eto. Dwi fel 'tawn i wedi meithrin rhyw arbenigedd yn y maes hwnnw ers dipyn bellach. Ers pan dwi adra, a deud y gwir. Dwi'n meddwl 'mod i'n mynd ar ei nerfa hi a minna ar draws tŷ o fora gwyn tan nos. Ella nad ydi pobol wedi'u cynllunio ar gyfar treulio cymaint â hynny o amsar yng nghwmni'i gilydd. Yn enwedig gwŷr a gwragedd. Siŵr bod rhyw wag yn rwla rywbryd wedi deud mai cyfrinach priodas lwyddiannus ydi peidio treulio gormod o amsar efo'ch gilydd.

Tasan ni'n symud, wrth gwrs, mi fysan ni'n treulio mwy fyth o amsar efo'n gilydd. Ond mi fysa gynnon ni gymaint o betha i'w gneud – trefnu'r tŷ newydd fel fysan ni'i isio fo, gneud yr ardd, mynd am dro, dod i nabod yr ardal – ella yn fan'no y bysan ni'n cael cyfla i fwynhau gneud petha efo'n gilydd eto. Chwara teg i Di, ro'n i bob amsar yn gweithio oria mawr yn yr iard, felly roedd rhaid iddi hi neud 'i ffrindia'i hun yma.

Ar ôl gorffan fy mhanad dwi am fynd i chwilio am y gêr pysgota yn y sièd tra mae hi allan. Ac mae gen i un neu ddau o gatalogs hada i bori ynddyn nhw. Wel, does dim drwg mewn sbio, nag oes?

Gobeithio y bydd hi wedi mwynhau'i hun yn y cinio 'ma. Dwi am drio gyrru'r maen i'r wal heno a chynnig ein bod ni'n rhoi'r tŷ ar y farchnad yn y flwyddyn newydd.

'Diane! Dwi *mor* falch 'ych bod chi wedi dod. Wedi gadael Trefor yn gweithio'n galed, gobeithio?'

'Digon i'w gadw'n brysur, dioch, Joyce.'

'Mae'r ffrog 'na'n hyfryd, Diane. Siwtio chi i'r dim. Roedd gen i un union 'run fath â hi flwyddyn diwetha. Ond ers i mi golli pwysau, mae dipyn o 'nillad i wedi mynd yn rhy fawr. Mi wnes i ddidoli llond bag rhyw bythefnos yn ôl a'u rhoi nhw i'r ddynes lanhau i fynd i'r siop elusen yn y dref. Gobeithio y gwnewch chi fwynhau'r cinio – mae 'na bob math o bethau hyfryd ar y fwydlen.'

Dyddlyfr Robat Jones

Mi ddwedais i, do? Roedd hi wedi ecseitio'n lân. 'Ôl-fodernaidd', 'abswrd', 'dadadeiladaeth ôl-eironig' – mi gafodd hi'r geiriau crand i gyd gen i. A llyncu'r cwbwl lot. Roeddwn i wedi sgwennu darn bach arall erbyn sesiwn wythnos yma. Unrhyw beth rhag iddi gael ei dwylo ar hwn.

Roedd plorod Tim wedi symud ymlaen o'r cyfarfod blynyddol erbyn wythnos yma a bellach yn cynnal *orgy* ar ei wynab o. Cradur. A Mairwen a Iola'n edrach fwy ar goll na'r tro dwetha. Wn i ddim a oeddan nhw wedi dod rhag ofn iddyn nhw golli eu harian, ynteu oherwydd eu bod yn teimlo biti dros Helena. Roedd Philippa-galwch-fi'n-Phil wedi dod i'r penderfyniad mai diodde o *writer's block* oedd hi, a Helena, wrth gwrs, yn cytuno gant y cant â'r deiagnosis drama. Roeddwn i eisiau awgrymu y byddai bwyta prŵns i frecwast yn gallu bod o gymorth mawr mewn sefyllfa mor argyfyngus, ond llwyddais rywsut i'w chau hi a chadw'm doethineb diamheuol i mi fy hun. Ac mi gawson ni aelod newydd – Dafydd – a oedd yn edrych fel tasa fo wedi treulio chwe mis yn bwyta gwellt ei wely a heb fod yn berchen digon o nerth i gau careiau ei sgidiau, heb sôn am chwilio am waith. Ta waeth, roedd Helena wedi mopio, wrth gwrs. Roeddwn i'n ofni ar un pwynt ei bod hi'n mynd i wasgu'r truan i'w mynwes amryliw, helaeth a'i fygu. Wedyn bu raid i ni fynd trwy'r holl rigmarôl cyflwyno'n hunain eto. Gweithio efo cwmni oedd yn trefnu morgeisi oedd Dafydd, nes iddo gael y wib. Er doedd 'na ddim gwib yn agos ato fo chwaith. Roedd popeth yn ei gylch yn araf a llafurus – fel ffilm sy'n cael ei dangos yn araf, araf. Synnwn i damaid ei fod o wedi cael rhyw dabledi i'w dawelu – yr un rhai ag yr oedd y doctor drama 'na'n trio eu hwrjo arna i ella.

Ar y llaw arall, roedd Helena ar ben ei digon ac yn sboncio o amgylch y dosbarth fel tasa'i thin hi ar dân. Ar ôl rhyfeddu dros fy 'nghampwaith', mi wnaeth hi wirioni'n llwyr wedi i Tim adrodd rhyw gofnodion affwysol o ddiflas o'i ddyddlyfr – fo oedd yr unig un oedd wedi bod yn ddigon gwirion – neu hy, yn wir – i ddod â'r dyddlyfr bondigrybwyll i'r sesiwn. Wedyn mi gawson ni ddos arall o raffu ystrydebau cyn derbyn tasg newydd. Roedd Helena am i ni feddwl am Brofiad Go Iawn, rhywbeth oedd wedi digwydd i ni, yn ddiweddar neu yn y gorffennol, ac ysgrifennu am hwnnw. Wn i ddim a oedd 'na rywbeth od yn cael ei hidlo i'r system wresogi, ynteu'r cyfuniad o wreiddioldeb y syniad a gorselogrwydd Helena oedd yn gyfrifol, ond mi ddaeth awydd cryf dechrau canu 'Haleliwia, Haleliwia' drosta i. Trwy lwc a bendith, cyn i mi gael cyfle i wireddu'r dyhead 'ma, dwedodd ein hathrawes ddyrchafedig ei bod am i ni archwilio'n hemosiynau yn ystod y Profiad Go Iawn 'ma a cheisio eu mynegi. 'Sâl fel ci' roeddwn i eisiau ei ddweud, ond dweud dim wnes i.

Does gen i ddim bwriad yn y byd sgwennu am unrhyw Brofiad Go iawn. Tydw i wedi aberthu fy iau – a 'mhriodas, yn ôl pob golwg – wrth drio anghofio am Brofiadau Go Blydi Iawn. Eliot, dwi'n meddwl ddwedodd, 'Humankind cannot bear very much reality'. Llygad dy le, washi.

Cerwch i'r twll tin byd, er enghraifft. Wel, a dweud y gwir, mi fyddwn i'n eich cynghori i beidio mynd yno, heblaw bod wirioneddol raid. Dienaid? Gwneud i stafall aros y deintydd – tasach chi'n gallu fforddio mynd i'r fath le – ymddangos fel carnifal Notting Hill. Ta waeth, bob tro y cewch chi'ch croesholi am eich ffaeleddau yn y twll tin byd, maen nhw am y gorau i'ch gosod yn rhyw gategori neu'i gilydd: anabl (does ond angen i chi chwythu'ch trwyn yn swnllyd), dros hannar cant (synnwn i ddim eu bod nhw'n ceisio cael hawl i'ch saethu chi wedyn – taswn i'n gwybod hynny pan fues i yno gynta, mi fyswn i wedi taeru mai 49 ac wedi cael bywyd calad oeddwn i – beryg ei bod hi'n rhy hwyr i factracio rŵan a finnau wedi cael sawl sesiwn efo'r cynghorwyr i bobol dros 50), o dan ddau ddeg pump (rhyw gynllun neu'i gilydd – *cert*), yn barod i gael eich hwrjo i gychwyn busnas eich hun (grant, ac ella ofyrôl ac ystol os ydach chi am gychwyn busnas glanhau ffenestri, ond peidiwch â bod yn bowld a phwsio'ch lwc a disgwyl cael siami hefyd), merch (wn i ddim pam mae bod yn ferch yn gosod rhywun mewn categori pan nad ydi bod yn ddyn yn gwneud yr un peth, ond be wyddwn i). Pwrpas hyn i gyd, hyd y gwela i, ydi caniatáu i staff y twll tin byd dynnu pawb sy'n ffitio i mewn i un o'r catergorïau hyn oddi ar restr y di-waith ac felly wneud i'r ffigyrau edrych ganmil gwell nag ydyn nhw mewn gwirionedd. A throi pobol go iawn yn ystadegau. Pobol go iawn, profiad go iawn – oes 'na fath beth dwedwch? Mae gen i ddyfyniad arall i chi hefyd. Benjamin Franklin tro 'ma. Meddai'r hen goes: 'In this world nothing can be said to be certain, except death and taxes.' Rydw i *on form* heddiw, sgersli bilîf – un fantais bod yn ddi-waith, debyg, digon o amsar i ddarllen ar fy nwylo. A dyna fantais arall bod yn ddi-waith – peidio talu trethi. Peidiwch â dweud na fedra i sbio ar ochor orau pob sefyllfa. Ta waeth, trafod meistrolaeth staff y twll tin byd ar sgiwio ffigyrau'r di-waith oeddwn i – 'sgwn i be fyddai'n digwydd tasa bob dyn sy'n mynd i'r twll tin byd yn gwisgo fel merch a mynnu mai Patricia neu Blodwen ydi'i enw? A'i fod o, neu hi, tydw i ddim yn siŵr – ta waeth, p'run bynnag fyddai'n mynd â'i ffansi o neu hi ar y pryd – hefyd dros hannar cant neu o dan ddau ddeg pump, eisiau cychwyn busnas ei hun ac yn anabl. Bosib iawn wedyn y byddai'r 'ystadegau' yn dangos bod pob copa walltog yn y wlad mewn gwaith a phawb ar ben eu digon. A byddai gan y wlad y ffenestri glanaf yn Ewrop, os nad y byd. Yn wahanol iawn i'n palmentydd a'n tai bach cyhoeddus (y rheini sy heb gael eu cau, hynny ydi). Ond 'tawn ni ddim i fan'no rŵan hyn. Yn hytrach, ella y gwna i gynnig fy nghynllun chwyldroadol iddyn nhw yn y twll tin byd y tro nesa rydw i'n cael y fraint o droedio carpad drybeilig o hyll y lle – coch, efo sgwigls piws ac oren – fel tasa pwy bynnag gynlluniodd yr erchylltra wedi cael ei ysbrydoli gan berfadd stumog rhywun ar ôl noson fawr.

A triwch chi ddweud wrthyn nhw yno nad ydach chi 'ar-lein', ac na fedrwch chi fforddio cyfrifiadur. Wel, mi fydden nhw'n datgan llai o syndod tasach chi'n rhedeg rownd y lle'n noethlymun. Os nad ydach chi 'ar-lein', rydach chi'n byw yn oes yr arth a'r blaidd. Ond sut ddiawl ydach chi i fod i gael hyd i'r peth wmbradd o swyddi 'ma sydd i fod ar gael os na fedrwch chi weld yr hysbysebion a'r ffurflenni cais a ballu oherwydd eu bod nhw i gyd ar y we a chithau'n rhy dlawd i fedru fforddio bod ar y we? A dyna beth arall sy'n sgiwio'r holl syniadau sobor o henffasiwn mae amball un fel fi a'm tebyg yn dal i'w coleddu am werth pobol go iawn – y cymunedau smâl 'ma ar y we sydd wrthi'n prysur wadu pob gronyn o realiti a chyswllt wynab yn wynab ac yn wir unrhyw gyfathrach o ddifri rhwng pobol, er, ar un ystyr, wela i ddim bai arnyn nhw. Heb sôn am yr operâu sebon ar y teledu efo'u hatebion fformiwla i bob problem. Yn y rheini, mae hyd yn oed pobol ddi-waith – gwehilion cymdeithas fatha fi – yn byw bywydau llawn cynnwrf. Ac mae cynnwrf yn costio. Oherwydd mae'r rhan helaeth o'r cynnwrf 'ma'n golygu bod yn rhaid i'r rhai sy'n profi'r rhagddywededig gynnwrf dreulio cryn dipyn o amsar yn y dafarn yn trafod a gweiddi a sgrechian am y cynnwrf hwnnw. Ychydig bach iawn o gynnwrf sy'n digwydd i gymeriad ar ei ben ei hun mewn hofal fel hwn. A pheidiwch â meddwl sôn am hysbysebion – pobol berffaith yn gyrru i leoliadau perffaith mewn ceir perffaith i fwyta bwydydd perffaith ac yfed diodydd perffaith tra maen nhw'n gwisgo dillad perffaith ac efo gwalltiau perffaith a cholur perffaith.

Does ryfadd nad ydi rhywun yn gweld hysbysebion am eli peils mwyach. Ond mae 'na ddigon o gwmnïau sydd yn barod, os nad yn awyddus, yn ôl y bobol glên sy'n ymddangos yn eu hysbysebion, i fabwysiadu mân ddyledion pŵr dabs fel chi a fi, chwarae teg iddyn nhw, a throi'r mân ddyledion hynny'n un clamp o ddylad ar y diawl na fyddai neb byth yn gallu fforddio ei had-dalu tasan nhw'n byw cyhyd â Methiwsala. Rydw i yn y job rong – taswn i mewn unrhyw job, hynny ydi. Mi ddylwn i fod yn rhedeg y wlad, neu gael fy nyrchafu'n athronydd llawryfog, o leia. 'Ta rhefrwr llawryfog ydw i'n feddwl? Ella mai Archathronydd neu Archrefrwr fyddai hynny yma yng ngwlad y menyg gwynion. Er, tydw i ddim yn siŵr faint o groeso fyddwn i'n ei gael chwaith. Hyd y gwn i, tydw i ddim yn perthyn i neb o bwys. A wyddoch chi pam mae'r wlad 'ma'n cael ei galw yn 'wlad y menyg gwynion'? Wn i, mi glywa i chi'n ateb – oherwydd mai dyna roedd barnwyr yn eu gwisgo pan nad oedd achosion i'w clywed a phawb yn dilyn cyfraith a threfn. Naci, meddwn innau, ond oherwydd y byddai enwogion y genedl i gyd yn gwisgo Marigolds gwynion (i fatsio'u cobenni) tasan nhw'n gallu gwneud hynny, rhag baeddu eu dwylo efo caridýms fel fi a'm tebyg. Y bobol fach druan hynny sy'n siarad Cymraeg yn eu bywydau bob dydd ond sy'n rhy brysur yn poeni am eu dyfodol eu hunain i fedru sbario fawr o amser nac egni i boeni am ddyfodol yr iaith fel ag y mae pethau. Ac sy'n methu fforddio crocbris chwaith am docyn i'r Steddfod i hobnobio efo'r crachach gwynwisgedig sy gan mwya'n cael tocynnau am ddim.

Mi fyddwch chi'n falch o glywed 'mod i wedi gorffen rhefru rŵan. Am y tro. Mi fydda i'n lecio rhefru, a tydi hi'n gymaint haws a mwy pleserus rhefru yn erbyn hwn, llall ac arall na wynebu'r ffaith eich bod wedi gwneud smonach smonachlyd pum seren o bethau eich hun.

Ac am Brofiad Go Iawn? Tria ryw blaned arall, Helena fach. Mae gen ti gystal siawns yng nghanol y bobol fach wyrdd ag a fyddai gen ti yma. Mae pobol ar y ddaear 'ma wedi treulio canrifoedd yn dyfeisio pob ffordd bosib o osgoi realiti a Phrofiadau Go Iawn, siŵr. A phwy fyddai'n gweld bai arnyn nhw? Mi fyddai'n haws o lawar gen inna fyw mewn hysbyseb Ferrero Rocher hefyd: 'Oh, Ambassador, you're spoiling me . . .'

Hefo a Heb

2.

Roedd Hefo yn mynd i ysgol breifat bob dydd – roedd ei flaser yn unig wedi costio mwy na gwisg ysgol Heb a'i frawd bach efo'i gilydd. Roedd yn cael pàs i'r ysgol bob dydd gan ei dad yn ei gar drud neu gan ei fam, yn ei char drud hithau. Doedd dim digon o le i barcio'r llong ofod fawr sgleiniog ger yr ysgol – hyd yn oed yn lle parcio arbennig y prifathro – ac roedd hwnnw wedi ymddiheuro'n bersonol i dad Hefo am yr amryfusedd anffodus hwn. Roedd clamp o garej yn sownd yn nhŷ'r teulu, garej oedd yn hen ddigon mawr i ddal y ddau gar drud, y llong ofod – a fyddai'n cael ei glanhau a'i gloywi yn wythnosol gan y robots bychain – a phob math o geriach megis beics mynydd, offer cadw'n heini a chwch hyd yn oed. A byddai modd cynnal gêm bêl-droed ryngwladol yng ngerddi'r tŷ wedi sicrhau bod y robots bychain wedi torri'r gwair a pheintio'r llinellau mewn da bryd. Roedd gan Hefo ddilladau arbennig ar gyfer pob mathau o chwaraeon – roedd cost y dilladau yma'n cyfateb i o leiaf chwe mis o bres tŷ i deulu Heb – ac roedd yn cael gwersi offerynnol, er nad oedd yn ymarfer dim ar yr offeryn costus roedd ei rieni wedi'i brynu iddo. Yn wir, roedd yn edrych 'mlaen at y dydd pan gâi gymryd arno fod yn aelod o grŵp roc gyda gwallt gwyllt a thaflu'r offeryn costus trwy ffenest ei lofft i chwalu'n siwrwd ar y teras y tu allan. Pan ddioddefodd Hefo anaf i'w geg wrth chwarae rygbi, roedd y swm a dalodd ei rieni i ddeintydd sicrhau na fyddai'n colli dant neu ddau yn agos at bedwar ffigwr.

Roedd Heb yn mynd i'r ysgol uwchradd leol ar y bws. Nid oedd y teulu'n berchen car ac roedd y sièd fechan yn yr iard yng nghefn y tŷ yn llawn darnau o'r llong ofod ynghyd â'r ddau focs brown; roedd y bagiau plastig eisoes wedi eu hailddefnyddio. Roedd Heb yn lwcus mai fo oedd y brawd hynaf – byddai ei frawd bach yn cael ei wisg ysgol ar ei ôl. Roedd yr ysgol yn wynebu toriadau enbyd a'r staff yno yn teimlo'n ddigalon iawn wrth eu gwaith. Byddai Heb wedi mwynhau cael cyfle i ddysgu chwarae offeryn, ond ni allai ei rieni fforddio'r gwersi, heb sôn am brynu offeryn iddo. Nid oedd Heb yn hoff iawn o'r gwersi chwaraeon – gwyddai nad oedd y dilladau cywir ganddo, ac wedi dioddef anaf wrth chwarae pêl-droed, bu'n eistedd yn Adran Damweiniau ac Argyfwng yr ysbyty lleol am bron i chwe awr yn disgwyl cael ei drin.

Byddai mam Hefo yn gyrru'n syth i'w gwaith ddeuddydd yr wythnos wedi danfon ei mab i'r ysgol. Pan fyddai hi'n amser paned yn y swyddfa byddai pawb yn cael coffi crand o beiriant swnllyd, sgleinllyd. Amser cinio byddai hi'n picio i Waitrose neu M&S i godi salad parod neu, weithiau, becyn o *sushi*. Yn aml, byddai'n prynu rhyw drît bach i Hefo gael fel tamaid i aros pryd ar ôl dod adref o'r ysgol; gan amlaf byddai'r rhain yn cael eu darganfod yng nghefn y ffrij ymhen wythnos neu ddwy a chael eu rhoi yn y bin sbwriel. Roedd mam Hefo yn gwisgo'n drwsiadus a ffasiynol bob amser mewn dillad o siopau gydag 'enw' – roedd hi a thad Hefo yn gwneud cryn dipyn o'r hyn a elwir yn 'gymdeithasu'. Byddai'n mynd i'r gampfa ar y dyddiau pan nad oedd yn gweithio yn y swyddfa, ac yn chwysu chwartiau yno, er na fyddai'n diolch am gael ei disgrifio felly.

Byddai mam Heb yn dal bws i'w gwaith cyn i Heb a'i frawd bach adael i ddisgwyl am eu bysus ysgol hwythau. Yn aml iawn, byddai'r bysus yn hwyr a'r tri yn wlyb domen ac mewn dillad tamp trwy'r dydd. Byddai mam Heb yn ddiolchgar am unrhyw fath o baned fyddai'n dod ei ffordd yn ystod ei sifft. Byddai'n mwynhau brechdan neu bryd y dydd yn y cantîn amser cinio, er ei bod yn teimlo ychydig yn euog oherwydd ei bod yn cael pryd parod ganol dydd tra oedd ei meibion yn cael bocs bwyd – doeddan nhw ddim am dderbyn cinio ysgol am ddim – a'i gŵr yn gwneud y tro ar beth bynnag oedd yn y ffrij. Pan fyddai ganddi amser i sbario cyn dal y bws adref, byddai'n picio i'r siop bunt ac yn prynu da-da neu fisgedi siocled i'r hogiau eu bwyta pan fyddent yn cyrraedd adref o'r ysgol ar lwgu. Roedd mam Heb yn dibynnu ar siopau ail law am y rhan fwyaf o'i dillad – ychydig iawn o ddillad fyddai hi'n eu prynu, mewn gwirionedd, gan nad oedd yn gallu fforddio mynd allan i gymdeithasu. Fyddai talu i ymuno â'r gampfa byth yn croesi ei meddwl – roedd gwaith y siop a chadw tŷ a'r ymdrech ddi-ben-draw i gadw deupen llinyn ynghyd, yn ogystal â cheisio codi calon tad Heb, yn mynd â'i holl egni.

Eirlys

Tydi'r *recession* heb 'ffeithio gymaint arna i ag y mae o wedi 'ffeithio ar lawar. Oherwydd nad oedd gen i fawr yn y lle cynta. Yr unig adag mae hynny wedi bod o 'mhlaid i. Tydi o heb 'ffeithio ar y bobol ar y top chwaith, hyd y gwela i – maen nhw'n dal i ddrewi o bres. Ac wn i ddim am y *squeezed middle* – swnio i mi fel rhywun yn gwisgo staes sy'n rhy dynn.

Does 'na ddim byd arall wedi bod yn y newyddion y blynyddoedd dwetha 'ma. Ac ydach chi'n cofio'r hanas am chwyaid yr Aelod Seneddol 'na efo'r tŷ bach crand yn yr ardd – chwyaid sy'n cael gwell lle o lawar na phobol fel fi a'm cymdogion ar y stad 'cw? A'r gwleidyddion 'ma'n malu awyr am *affordable housing*? *Affordable housing,* o ddiawl! Gneud i rywun feddwl tydi? Ia, cwbwl rydan ni wedi'i glwad ydi *recession, economic downturn, slump, GDP* – beth bynnag gebyst ydi hwnnw – gwell diawlio pawb? Gwirion 'di pryfaid? A tydi hi ddim gwell yn iaith y nefoedd – dirwasgiad, crebachu economaidd, gwasgfa economaidd. Heb sôn am y twlal alwodd yr holl beth yn 'ddiflastod economaidd', fel tasa hi'n fatar o golli bỳs a gorfod disgwyl hannar awr am y nesa, neu meddwl cael omlet i de a sylweddoli nad oes ganddoch chi 'mond un wy yn y ffrij. Mi glwais i un newydd sbon yn ddiweddar 'ma – wyddoch chi be ydi'r di-waith bellach? *Economically inactive*! O ddiawl! Be nesa? Er maen nhw'n taeru bod petha'n gwella ac y bydd 'na bres ar gael ar gyfar bob dim i bawb yn bob man cyn i ni droi rownd – lecsiwn arall sy 'na cyn bo hir felly, saff i chi, neu fysan ni ddim yn clwad bw na ba gan y diawliaid. Ydyn nhw'n meddwl mewn gwirionadd ein bod ni i gyd mor dwp na fedrwn ni weld be sy tu ôl i'r holl addewidion 'ma? Beryg eu bod nhw.

Tydw i ddim allan o waith, diolch am hynny. A deud y gwir mae gen i ddwy neu dair o jobsys, dibynnu ar sut mae petha'n mynd. Rydw i'n llnau mewn siop a swyddfeydd yn y bora, yna mi fydda i'n gweithio yn yr ysgol dros amser cinio yn ystod y tymor. Ac rydw i wedi bod yn gwerthu petha Kleeneze o gwmpas lle 'ma hefyd. Dim fy rownd i ydi honno – ffrind i mi ar y stad 'cw wnaeth ei chychwyn hi ond doedd ganddi hi fawr o fynadd mynd o ddrws i ddrws efo'r catalogs a hel yr ordors a danfon y petha wedyn. Felly rydw i wedi ryw etifeddu'r gwaith hwnnw – biti gadael i betha fynd a hitha wedi rhoi'i llaw yn ei phocad i gael y catalogs a'r holl dacla eraill oedd yn rhaid talu amdanyn nhw cyn cychwyn. Tydi hi ddim wedi gofyn i mi fforcio allan am y rheini, diolch byth, neu mi fysa hi'n cael yn cwbwl lot yn eu hola a dim lol. Er, does 'na ddim llawar o fynd ar eu petha nhw rŵan – braidd yn ddrud ydyn nhw. A phwy sy'n mynd i dalu drwy'i thrwyn am ddystar a rhyw stwff sbesial i llnau'r tŷ bach o Kleeneze pan fedrwch chi gael rwbath neith yr un job yn union yn y siop bunt am chwartar y pris? A deud y gwir, rydw i wedi gweld amball i gwsmar yn y siop bunt yn prynu petha llnau – maen nhw'n trio'u cuddio nhw pan maen nhw'n 'ngweld i, ond gwenu fydda i. Fedrwch chi ddim gweld bai ar bobol am drio safio lle medran nhw. Dyna un peth da am y *recession* – mae 'na faint fynnir o siopa punt wedi agor yn y dre 'ma. Siopa eraill yn cau fel slecs, cofiwch – mae hannar isa'r Stryd Fawr fel tasa pawb wedi rhoi'r ffidil yn y to yno, a gadael y lle i fynd rhwng y cŵn a'r brain. Ond mi fydd gen i well dewis o gardia a phresanta Dolig leni na chefais i 'rioed efo'r holl siopa punt. Ac mae Dewi'n rhy ifanc i boeni o ble gafodd Siôn Corn ei bresanta fo – tasan nhw'n dod o Harrod's neu'r siop bunt, isio chwara efo'r papur fydd o leni. Mi fyswn i'n lecio prynu cardia Dolig o'r siop achos da, a theimlo 'mod i'n gneud rwbath dros rywun arall – ella nad oes gen i lawar, ond mae gen i do uwch fy mhen a'm hiechyd, ac mae eisiau diolch am hynny. Ond maen nhw tu hwnt i 'mhocad i. Mi fydda i'n mynd yno bob hyn a hyn ar ôl gorffan y jobsys llnau i gael sbec ar y dillad a'r llyfra. Rydw i wedi cael toman o lyfra o'no – mi fydda i wrth fy modd efo *thrillers* a straeon ditectif. Mi fyddwn i'n darllan *romances*, ond tydi rhywun yn laru ar straeon lle mae pawb yn byw'n hapus am byth ar y diwadd? A gwybod yn iawn nad fel'na mae hi o gwbwl go iawn. Mae gen i gystal siawns o gael gafael ar ryw *Prince Charming* tew o bres wneith fy sgubo i oddi ar fy nhraed ac edrach ar f'ôl i am weddill fy nyddia yn fama ag sy gen i o gael fy ngneud yn Bab, o ddiawl. Y *blood and guts* sy'n mynd â 'mryd i rŵan. Ac mi fyswn i'n medru byta'r Rebus 'na – gneud i Gari Tryfan edrach fel llo gwlyb.

Rydw i wedi cael dipyn o betha i Dewi yn y siop achos da hefyd. Magu plant yn fusnas drud. Wastad wedi bod. Ac yn waeth dyddia 'ma efo'r holl *gadgets* maen nhw'u heisiau. Tydi Dewi heb gyrraedd yr oed hwnnw eto, diolch byth. Mae o'n reit hapus yn chwara drwm efo tun cacan a llwy bren. Codi cur pen arna i cofiwch, nes y bydda i jest â drysu. Ond mi fydda i wrth fy modd yn ei weld o'n gwenu'n hapus braf. Diniwad ydyn nhw 'te? A ddim syniad am broblema na dim. Gwyn eu byd tra parith o. Mi gawn nhw ddigon o drafferthion wrth dyfu fyny.

Mi fydda i'n tritio fy hun i amball i ddilledyn o'r siop achos da hefyd. Mae eisiau does? Ac mae ganddyn nhw betha da yna, ddim jyst rhyw hen rybish sy'n dda i ddim i neb. Er, fydda i'n mynd i fawr o nunlla i wisgo dim byd crand – amball i noson Bingo neu *karaoke* yn y clwb a dyna ni, a deud y gwir. Ond tasa'r hen John Rebus yn dod heibio eisiau help llaw efo un o'i gesys, wel, o leia mi fysa gen i rwbath teidi i'w wisgo.

Mi fedrwch chi weld bod y bobol sy'n mynd i'r siop achos da wedi newid dros y blynyddoedd dwetha 'ma – pobol na fysan nhw'n rhoi bawd eu troed dros y drws fel arfar. Dim ond i brynu cardia Dolig a gneud yn siŵr bod pawb yn gwbod bod nhw'n gneud hefyd. Ond mae criw Debenhams a Next ac M&S yna rŵan. A phawb yn gwbod pryd mae'r petha'n cyrraedd o'r siopa mawr, ac am y gora i neidio am y *designer rail* i gael bargan efo'r label iawn ar y tu mewn. Pobol Merched y Wawr a chanu'n y côr ydi'r rheini – mi fysa'n well ganddyn nhw grogi'u hunan efo un o danna'r delyn 'na sydd ganddyn nhw yn y parlwr na mynd i Bingo neu *karaoke*. Ond maen nhw'n ddigon bodlon manteisio ar fargeinion y siop achos da erbyn hyn, o ddiawl, efo'u jobsys am byth a'u cyfloga mawr yn diflannu.

Un o'r criw yna ydi'n chwaer – Tansi. Oedd, roedd Mam yn hoff o floda, er lle daeth hi ar draws tansi ar y stad 'cw, wn i ddim. Beth bynnag, mi gefais i 'ngeni yn nhwll gaea a 'ngalw'n Eirlys, a'm chwaer ddiwadd yr ha a'i galw'n Tansi. Tydi hi ddim yn lecio'r enw chwaith – dim digon crand. Mi fysa hi wedi bod yn hapusach efo 'Alicia' neu 'Meriel'. Tydi hi ddim yn edrach fel Tansi chwaith – mi ddylsa rhywun sy efo enw blodyn fod yn llon yn fy meddwl i. Weithia, o leia. Ond sbio fel bwbach ar bawb mae Tansi. Mae hi'n rwbath pwysig yn un o swyddfeydd y Cynulliad lawr yng Nghaerdydd – o leia tydi hi ddim yn cael fawr o gyfla i 'mhoenydio i o fan'no. A phasio rimârcs ar fy nillad i, a 'ngwaith i, a'r tŷ 'cw, a'r ferch, a bob dim arall. Croeso iddyn nhw wrthi hi lawr yng Nghaerdydd, ddeuda i.

Tasa 'na lawlyfr ar 'sut i beidio gwneud pethau', beryg y byswn i yn hwnnw. Fel esiampl berffaith. Ond wedi i Dad farw, doedd Mam yn methu'n glir â chadw'i phen uwchben y dŵr. Ac efo Meiledi wedi'i heglu hi am Gaerdydd cyn i ni olchi llestri'r te cnebrwn, wel, roedd yn rhaid i rywun aros efo Mam, doedd? Ac roeddwn i wedi gadael yr ysgol ac yn gweithio – nid 'mod i'n dwp cofiwch, ond doedd y lle'n dysgu dim byd defnyddiol i rywun. Deudwch y gwir rŵan, o ddiawl, sawl gwaith ydach chi wedi defnyddio 'Os oes gennych chi un afal gwyrdd a dau afal coch, sawl gwaith mae tap y gegin yn dripian mewn awr' ers i chi adael yr ysgol? A doedd yr athrawon yn lecio dim arnon ni blant y stad – hyd yn oed tasan ni'n atab cwestiwn yn gywir, roedd o dal yn anghywir, 'mond oherwydd ein bod ni'n byw yma. Ac unwaith roeddwn i'n gweithio roeddwn i'n cael pres, ac yn medru prynu dillad trendi a *make up*. Wedyn pan fyswn i'n gweld y genod eraill oedd dal yn yr ysgol, wedi gwisgo yn eu dillad parchus-wedi-bod-yn-siopio-efo-Mam yn rwla yn ystod y penwsnos neu'r gwylia, mi fyswn i'n gwenu fel giât a chodi fy sgert fini ryw fymryn bach yn uwch. I ddangos y medrwn i wneud fel fynnwn i ac na fedran nhw na rhyw athrawes drwynsur neud dim am y peth. Tydi rhywun yn wirion pan mae o'n ifanc deudwch? Ond mi oeddwn i'n rhoi pres i Mam, ac yn ei helpu o gwmpas y tŷ, a mynd am dro ac i Bingo efo hi hefyd.

Mi fedrwch chi gesio'r gweddill, mae'n siŵr. Y sgert fini yn denu'r hogia a finna wrth fy modd. Finna'n cael clec a'r diawl yn ei miglo hi a'i wynt yn ei ddwrn. Mi oedd o'n bishyn hefyd – llond pen o wallt cyrls du a ll'gada glas. Siacad ledar a'i jîns o mor dynn nes 'mod i'n meddwl ei fod o'n gorfod ei siafio nhw i ffwrdd i fynd i'w wely. Ond doedd o ddim. A gaddo bob dim i mi. A minna'n ddigon gwirion i'w goelio. Wedyn roedd gen i Mam a Fiona i edrych ar eu hola. Er, mi gafodd Mam ryw ail wynt ar ôl i mi gael Fiona – ac ar ôl iddi ddod dros y sioc. Mi helpodd hi lot arna i efo'r fechan, ac mi es inna'n ôl i weithio reit handi tra oedd Mam yn gwarchod. 'Run ffunud â'i thad ydi hi – gwallt cyrliog du a ll'gada glas. Mae Fiona a Dewi, ei hogyn bach hitha, yn byw efo fi yn nhŷ Mam rŵan – fel y crafa'r iâr y piga'r cyw, meddan nhw. Dim be fyswn i wedi lecio i Fiona, cofiwch. Doeddwn i ddim am iddi hi neud fel y gwnes i. Ond mi fyswn i ar goll hebddyn nhw. Er bod y tŷ ar ben i lawr rownd y rîl. Pryd gola ydi Dewi – ac yn fabi dipyn haws 'i drin na'i fam hefyd. Colig fydda gan Fiona bob nos am fisoedd. A finna'n trio'i chadw hi'n ddistaw i Mam gael cysgu gan ei bod hi'n gwarchod yn ystod y dydd tra oeddwn i'n gweithio. Ond roeddwn i ar 'y nglinia yn diwadd, a honno'n dal i sgrechian a gweiddi. Mae Dewi'n cysgu drwy'r nos ers pan mae o'n bedwar mis – tydi'r hogan 'ma ddim yn gwbod ei geni.

'Nes i ddim potsian rhyw lawar efo dynion wedyn. Chydig iawn ohonyn nhw sy isio'ch nabod chi beth bynnag unwaith mae ganddoch chi blentyn.

Wrth gwrs mae pobol fel fi a Fiona'n darged hawdd pan mae petha'n dynn. Mama sengl – *public enemy number one* – mi fysa crogi'n rhy dda i ni siŵr. A deud y gwir, tydi mama ddim yn ei chael hi'n hawdd o gwbwl. Os ydach chi'n gweithio, rydach chi'n amharu ar ddatblygiad eich plentyn. Os nad ydach chi'n gweithio, rydach chi'n byw yn fras ar bres y wlad. Meddan nhw, o ddiawl. Os nad oes ganddoch chi deulu i'ch helpu – ac felly mae hi ar y rhan fwya dyddia 'ma – ac mae'r cwbwl lot yn mynd yn drech na chi, yna rydach chi'n bownd o basio'ch *mental health issues* 'mlaen i'ch plentyn ac mi fydd hwnnw neu honno yn byw efo'r rheini am byth. Wn i ddim pam mae unrhyw ferch yn mentro bod yn fam wir. Cofiwch chi, mae tada'n ddi-fai. Pan fyddan nhw'n aros o gwmpas yn ddigon hir i fod yn dada. Rhyfadd ydi hynny. A rhyfadd sut mae rhagfarna pobol wedi newid hefyd. Pan oeddwn i'n fach roedd pobol yn cael eu galw'n pwffs, blacs, pacis a neb yn hitio rhyw lawar. Fiw i rywun neud hynny rŵan – sy'n berffaith iawn, wrth gwrs – 'run fath ydan ni i gyd, gneud ein gora fel y gallwn ni. Ond mama sengl – isio'u crogi nhw i gyd. A wna i ddim hyd yn oed dechra sôn am y bobol druan mae'r gwleidyddion smyg 'ma'n eu galw'n *undeserving poor*. Fydda i ddim yn un am wylltio llawar – cymryd gormod o egni rydw i 'i angan i gadw dau ben llinyn ynghyd. Ond mae'r diawliaid yn fy ngwylltio i'n gacwn yn trin pobol fel rhai o'n ffrindia gora i ar y stad 'ma fel *spongers*.

Dyna un peth am fyw ar y stad 'ma. Ella nad oes ganddon ni fawr o bres rhwng y cwbwl ohonan ni, ac mae 'na ryw helynt yma byth a hefyd. Ond mae llawar ohonan ni wedi byw yma 'rioed, ac mae 'na wastad rywun fedrwch chi gael sgwrs efo nhw, a siarad am eich problema. Tydan ni ddim yn llwyddo i ddatrys llawar ohonyn nhw – mi fysa'n rhaid i ni ennill y lotri i wneud hynny – ond mae rhywun yn teimlo'n well wedi panad a jangl, neu lasiad bach dros y Bingo.

Ac fel ddeudis i gynna bach, o leia tydi pobol fel fi, y rheini sy'n rhy isal o lawar yn y *pecking order* i gael ein gweld ar *radar* y bobol sy'n cyfri, wedi cael cweit gymaint o hambýg efo'r *recession*. Diflastod economaidd, o ddiawl!

Shirley

Petai hi'n gweld un cerdyn Dolig arall, mi fyddai hi'n sgrechian . . . dros y siop, dros y stryd, dros y byd i gyd yn grwn! Ac mi fyddai Ann a Beti'n nodio'u pennau a chytuno bod ganddyn nhw reswm go ddifrifol dros gadw llygaid arni wedyn. Na, roedd hynny'n gwbwl annheg â'r ddwy a hwythau mor glên, meddyliodd Shirley – y hi oedd yn hen gnawes flin.

Hanner awr bach arall, dyna'r cwbwl, yna mi gâi hi gau'r siop a mynd adref. Roedd hi'n sicr bod rhywun yn rhywle yn gwneud castiau efo'r calendr a bod Dolig bellach yn cael ei gynnal ddwy waith y flwyddyn. A bod y gaeaf ddwy waith ei hyd arferol hefyd, a'r haf . . . wel, roedd hwnnw wedi hen ddiflannu.

Ymddangosodd Ann wrth ei hochr.

'Wyt ti'n iawn? Golwg wedi cael digon arnat ti.'

'Wedi blino braidd. Ta waeth, mae'n nos Wener. A dim ond bore fory rydw i yma ac yna mi ga i seibiant bach tan ddydd Llun.'

'Ro'n i'n rhyw feddwl mynd am drip bach ddydd Sul. Tasa gen ti ffansi. I Gaer. 'Mond am dro.'

'Wel, do'n i ddim wedi meddwl gwneud rhyw lawer penwsnos 'ma, a deud y gwir.'

'Tyd 'laen. Mi wneith les i chdi. Newid yn tshenj, meddan nhw. Yn lle dy fod di'n stwnsian a hel meddylia yn y tŷ 'na.'

'Wn i ddim. Tydw i ddim angen dim byd. A chwmni gwael iawn ydw i ar hyn o bryd.'

'Tydw inna ddim angen dim byd chwaith. Ond mi fedrwn ni dritio'n hunain i ginio dydd Sul yno. A gwneud dipyn o *window shopping*. Ac mi gei di sbario gwneud y *cabaret* tan tro nesa. Mi wna i ddod â phecyn o Kleenex efo fi hyd yn oed. Rhag ofn.'

'Ocê 'ta. Ac Ann, diolch am ofyn i mi.'

'Twt lol. Pam na chawn ninna fod yn *ladies who lunch* am unwaith?'

Caeodd Shirley'r drws ffrynt yn ddiolchgar a lapio'i hun yn nhywyllwch a distawrwydd y tŷ. Roedd Ann wedi bod yn tu hwnt o glên ond ar ôl rhyw awr o syllu yn ffenestri'r siopau a chael cinio – digon blasus, rhaid cyfaddef – mewn tafarn swnllyd, roedd Shirley'n barod i ddod adref. Ac roedd sŵn y carolau tun a lifai i'r stryd o ddrysau agored pob siop yn barod wedi codi cur yn ei phen arni – 'O! I wish it could be Christmas every day', wir!

Roedd chwe wythnos dda eto tan y Dolig ond roedd pobol yn siopa yng Nghaer fel petai o wedi cael ei symud i fory nesaf. Doedd y dirwasgiad heb gael ei grafangau ar breswylwyr cefnog Caer yn ôl yr hyn a welodd hi heddiw.

Mi fyddai hi a Robat yn mynd i ffwrdd dros y Dolig fel rheol. Ar ôl un Dolig dychrynllyd o ddigalon ychydig fisoedd wedi iddi golli'r trydydd babi, mi wnaethon nhw ryw lun ar ymdrech i addurno'r tŷ a phrynu'r twrci a gwisgo eu siom mewn tinsel a thrimins, y naill er mwyn y llall. Erbyn Noswyl Nadolig roedd y cwbwl wedi mynd yn drech na Robat. Roedd hi'n ei gofio'n eistedd yn y stafell fyw, yn magu ei wydraid o wisgi ac yn syllu ar fflamau'r tân smâl yn y grât fel petai o'n disgwyl i Siôn Corn ei hun ymddangos yno mewn fflach o oleuni gyda babi bach perffaith iddynt yn anrheg Dolig. Roedd hi ei hun yn dal i deimlo'n sobor o euog na fedrai gario plentyn iddynt, iddo fo, a buan iawn yr ildiodd hithau i gysur y botel. Yn eu gwely y treuliodd y ddau y Nadolig hwnnw, gyda phennau mawr arobryn. A chofiodd Shirley, gyda chywilydd, i'r bin sbwriel yr aeth y twrci a'r tinsel a'r trimins i gyd.

Wedi hynny, cafwyd cytundeb heb ddweud gair mai mynd i ffwrdd y byddai'r ddau ohonynt dros yr ŵyl – gwyliau haf yn nhwll gaeaf – ac anwybyddu Dolig yn llwyr.

Ond gan ei bod yn gweithio yn y siop eleni, roedd hynny'n amhosib. A go brin y bydden nhw wedi gallu fforddio mynd i ffwrdd petai pethau'n iawn rhyngddynt.

Roedd yn rhaid iddi hi wneud penderfyniad yr wythnos hon ynglŷn â beth roedd hi'n mynd i'w wneud. Doedd yr holl din-droi 'ma'n gwneud dim lles iddi hi. A doedd o ddim yn deg ar yr un ohonyn nhw. Er, doedd Robat heb wneud dim ymdrech i gysylltu â hithau chwaith. Ond hi wnaeth ei hel o o'r tŷ. Wel, ddim ei hel o'r tŷ yn union. Ond rhoi wltimatwm iddo.

Roedd y distawrwydd a oedd mor braf pan gyrhaeddodd

y tŷ bellach yn dechrau pwyso ar Shirley eto. Gwnaeth baned sydyn iddi hi ei hun yn y gegin tra gwawdiai'r holl declynnau crand hi wrth iddi ddisgwyl i'r tecell ferwi. Yna aeth yn syth i'w gwely.

Yn ei chegin hithau, roedd Ann yn mwynhau paned a thamaid o swper. Amhosib iddi hi fyddai peidio â sylwi gymaint o ymdrech oedd y dydd ar ei hyd wedi bod i Shirley. Roedd Ann yn poeni amdani.

Dyddlyfr Robat Jones

Cymanfa ganu. Cymanfa ganu plorod oedd hi'r wythnos yma. Ond o leia doedd Tim heb ddod â'i lyfr coch. Rydw i'n siŵr y byddai'r campwaith arbennig hwnnw yn *best seller* yn un o'r clinigau ewthanasia 'na. Mi fyddan nhw'n gallu arbed ffortiwn ar gyffuriau – byddai'r diawliaid druan i gyd wedi colli'r awydd i fyw cyn cyrraedd diwadd pennod un. Doedd 'na ddim golwg o Mairwen a Iola – wedi sylweddoli nad oedd ganddyn nhw obaith hen feic peniffardding fy nhaid yn y Tour de France o fod yn Freninesau ein Llên ar gyfer yr unfed ganrif ar hugain ella. A chael dod yn dew o bres wedi sgwennu'r holl lyfrau a chynnal cymaint o sgyrsiau yn dweud wrth yr holl bobol sut yr aethon nhw ati i sgwennu'r holl lyfrau. Mae'n rhaid bod J. K. Rowling a'i thebyg yn *obese* o arian felly. A dim golwg o Philippa-galwch-fi'n-Phil chwaith – un ai roedd y *writer's block* wedi cael y gorau arni hi, neu roedd sgowt y cyhoeddwyr bondigrybwyll 'na yn Llundain wedi dod fyny 'ma, wedi gweld ei *aura* o bell – fel y doethion yn dilyn y seren, ella – a chynnig ffortiwn debyg i un mam Harry Potter iddi hithau. Rydw i wedi sylweddoli'n ddiweddar 'ma, gyda llaw, po leia o arian sy gan rywun, po fwya rydach chi'n meddwl am arian a siarad am arian a dyfalu be fyddech chi'n ei wneud tasa ganddoch chi arian. Fydda i ddim yn prynu tocyn lotri – byddai hyd yn oed dwybunt yn gwneud tolc yn y cymun rydw i'n ei gael gan y ffernols yn y twll tin byd. Ond er nad ydw i'n prynu tocyn, mi fydda i'n chwarae rhyw gêm fach wirion efo mi fy hun ynglŷn â be fyddwn i'n ei wneud efo'r arian petawn i'n ennill. Taswn i'n ennill deg punt, mi fyddwn i un ai'n gallu mynd i'r siop bunt a dewis deg eitem – pethau call fel offer glanhau a rholiau tŷ bach – neu mi fyddwn i'n gallu tritio fy hun i botelaid o win a swpar sgod a sglod. Efo sgod bychan, hynny ydi. Un bach iawn. Megis sardîn. Neu mi fyddwn i'n gallu manteisio ar un o'r cynigion dwy botal win am ddeg punt fydd gan yr archfarchnad o bryd i'w gilydd. Taswn i'n ennill can punt, mi fyddwn i'n gallu mynd â Shirley am noson i westy moethus – wel, go lew o foethus – neu mynd â hi allan am swpar arbennig. Go brin y byddai hyd yn oed can punt yn ddigon ar gyfer y ddau. Tasa hi'n fodlon dod hynny ydi. A taswn i'n ennill mil . . . neu ddeng mil . . . neu fwy byth . . . wel, does wybod be fyddwn i'n gallu ei wneud. Mae darganfod bod gennych chi fodryb gefnog ym mhen draw'r byd yn amrywiaeth ar y gêm hon, a'r fodryb hynod haelionus honno wedi gadael miliynau i chi cyn iddi hi'i phegio hi. Trist iawn, feri sad. Ta waeth, gan nad ydw i hyd yn oed yn prynu tocyn lotri, does gen i ddim gobaith ennill ffortiwn, a hyd y gwn i, does gen i 'run perthynas cefnog. Heblaw am fy nghefndar sy'n ffarmio ac mae hwnnw'n rhy gynnil erbyn hyn i roi'r stêm oddi ar y doman dail i rywun heb yrru bil efo fo. Mae gen i un *premium bond* roddodd y ddynas drws nesa i mi pan oeddwn i'n bump neu chwech – rydw i'n cofio bod yn sobor o siomedig nad oeddwn i'n medru mynd â'r papur punt yma i'r siop a phrynu da-da efo fo fel y byddwn i wedi medru'i wneud efo papur punt go iawn. Ac mi fyddwn i wedi medru fforddio llond dwy ferfa o dda-da efo papur punt go iawn bryd hynny. Ac mi fyddai llond dwy ferfa o dda-da wedi prynu lot fawr o ffrindiau i mi. Yn lle hynny rhyw bapur punt smâl roeddwn i wedi ei gael – a hwnnw'n dda i ddim. A tydw i byth wedi cael dimau yn sgil y papur punt smâl chwaith. Ac mi fyddai unrhyw beth yn handi ar y naw ar hyn o bryd.

Doedd 'na ddim golwg o Dafydd yn y sesiwn wythnos yma chwaith – ond doedd o ddim yn edrach fel tasa ganddo fo'r egni i gario'i hun yno y tro dwetha, heb sôn am bwn y llyfr coch a phensal hefyd.

Roedd Helena'n trio'i gorau i gynnal ei brwdfrydedd arferol. Byddai gwraig lai – ym mhob ystyr y gair – wedi rhoi'r ffidil yn y to a dweud wrth Tim a finnau am fynd adra. Ond nid Helena. Mi wnaethon ni dreulio'r rhan helaeth o'r sesiwn yn chwarae gemau geiriau – roedd Helena'n dweud gair, fel 'pinc', a Tim a finnau'n dweud y peth cynta a ddaethai i'n meddyliau. 'Eliffant' ddwedodd Tim. 'Pen-ôl babŵn' ddwedais i. Ond chawson ni ddim tasg gan ein harweinyddes athrylithgar. Yn hytrach, mi gawson ni adael rhyw ychydig yn gynnar tra oedd hi'n mwmblian efo hi'i hun ynglŷn â chysylltu efo'r twll tin byd a cheisio cael rhagor o enwau. Pob lwc iddi hi wir. Fel ag y mae pethau, fydd 'na ddim hir oes i'r cwrs nac iddi hithau fel tiwtor. Fawr o golled yn fy marn i. Biti na fyddwn i wedi gwneud yn fawr o'r cyfle i drio ei pherswadio i roi un arall o'r llyfrau coch i mi. Mi wnes i adael iddi gael golwg ar y bennod nesa yn fy nofel abswrd ôl-fodernaidd ddadadeiladol – ella'i bod hi'n rhywbeth arall hefyd, ond os oedd hi, rydw i wedi'i anghofio erbyn rŵan. Ac mi wnaeth hi fopio'n wirion eto. Synnwn i ddim mai hon fydd y bennod olaf geith hi gen i – does gen i fawr o fynadd gwrando arni hi'n mynd trwy'i phethau a finnau'n gwybod yn iawn mai cymryd y *piss* a siarad trwy 'nhin ydw i.

Ers talwm, pan oedd hi'n bwrw eira a minnau'n cael diwrnod o'r ysgol, heb ei ddisgwyl fel 'tae, mi fyddwn i wrth fy modd. Wel, tan tua amsar cinio beth bynnag. Erbyn hynny, mi fyddai 'nillad i'n wlyb socian ac yn oer, fy mysadd a 'modiau i wedi rhewi'n gorn, a 'nhrwyn i fel trwyn potiwr pum seren. Mi fyddai'r rhan fwya o'r plant yn mynd adra am damaid o ginio a thwmiad o flaen y tân a chael dillad sych i fynd yn ôl allan i chwarae yn y p'nawn a gwlychu'r rheini wedyn. Ond taswn i wedi gwneud hynny –'gneud gwaith i dy fam, a hitha ddim hannar da' – mi fyddwn i wedi cael cweir am fy nhraffarth. Felly rhyw stelcian yn yr oerni fyddwn i nes y byddai hi'n dechrau tywyllu, cyn mynd adra a rhoi 'nillad i sychu yn y lobi lle bydden nhw'n oer ac yn stiff i gyd y bore canlynol, a newid i 'mhyjamas a dweud 'mod i wedi syrthio ar y ffordd adra a gwlychu tipyn bach.

Rhyw hen deimlad felly sy gen i rŵan. Y teimlad plentynnaidd hwnnw o orfoledd oherwydd bod 'Miss' wedi gadael i ni adael y dosbarth yn gynnar wedi mynd efo'r gwynt. A gorfod derbyn mai eistedd yn fama fel enaid coll ydw i ac mai eistedd yn fama fel enaid coll y bydda i hyd y gwela i. Taswn i'n ennill degpunt y funud yma, y cynnig arbennig yn yr archfarchnad fyddai hi, mae gen i ofn. Mi gâi'r rholiau tŷ bach fynd i'r diawl – a sychu 'nhin ar y cyrtans yn yr hofal bach cachu 'ma. Maen nhw'n edrach fel tasa 'na lawar i un wedi gwneud hynny o 'mlaen i. A tydw i ddim yn gwybod be i'w wneud. Taswn i'n mentro cysylltu efo Shirley, be sy gen i i'w ddweud wrthi hi? 'Mod i'n dal yn ddi-waith? Nad oes gen i fwy o obaith na dyn un goes yn Ras yr Wyddfa o gael gwaith? 'Mod i'n dal cyn dloted â llygoden eglwys? A honno'n llygoden eithriadol o ddilewyrch? Pam yn y byd y byddai Shirley eisiau fy ngweld i felly? Fel y dwedais i, rydw i'n dal i ddisgwyl deffro yn fy ngwely fy hun a sylweddoli mai hunlle ydi'r cyfan.

Dyna beth arall rydw i'n ei gofio yn yr ysgol. Pan oeddwn i'n sefyll arholiad 'Cymraeg' neu 'English', roedd gofyn bob amsar i bob ymgeisydd sgwennu stori fel rhan o'r arholiad. A doedd 'na neb byth wedi gadael digon o amsar ar ôl i sgwennu stori iawn – siŵr y byddai gen Helena ryw ddoethineb i'w rannu ynglŷn â hynny. Ta waeth, beth fyddwn i'n ei wneud fyddai cadw golwg ar yr amsar, ac yna pan oeddwn i o fewn pum munud i'r dedlein, dirwyn y stori i ben yn reit handi trwy ddweud: 'Ac yna mi wnes i ddeffro a sylweddoli mai breuddwyd oedd y cyfan'. Mi gadwodd y frawddeg honno fi i fynd am flynyddoedd. Siŵr bod yr arholwyr i gyd yn gwybod beth i'w ddisgwyl unwaith roeddan nhw'n gweld fy sgript i. Biti ar y diawl na fyddai mor hawdd datrys problemau'r hen fywyd go iawn 'ma yn yr un modd.

Hefo a Heb

3.

Roedd Hefo yn edrych ymlaen at adael yr ysgol yn y man. Doedd o ddim yn mwynhau gwaith academaidd, nac yn wir unrhyw fath o waith arall. Byddai'r robots bychain yn gofalu am ei holl anghenion yn y tŷ a phetai rhywun wedi dangos lliain sychu llestri neu frwsh llawr i Hefo, go brin y byddai ganddo unrhyw syniad ynglŷn â sut i'w ddefnyddio. Roedd yn mwynhau gwylio ffilmiau, a threulio amser yn ffidlian efo'i gasgliad o *gadgets* a chysylltu efo'i ffrindiau trwy gyfryngau cymdeithasol, hyd yn oed os oedd o newydd eu gadael wrth giât grand yr ysgol ddeng munud ynghynt. Gwyddai Hefo y byddai ei rieni yn disgwyl iddo fynd i'r brifysgol a'u bod yn hen ddigon cefnog iddo fedru gwneud hynny heb bryder yn y byd. Fel y rhan fwyaf o bobol ifanc yn eu harddegau, nid oedd ganddo syniad ynglŷn â'i ddyfodol, ond roedd yn ffansïo treulio tair blynedd mewn fflat mewn tref prifysgol lle byddai'n cael rhyddid oddi wrth ffysian ei fam. Nid oedd mam Hefo wedi sylweddoli eto y byddai ei fab, fel pob un arall, yn tyfu i fyny a gadael cartref. Roedd tad Hefo yn edrych ymlaen at ymddeol, ond gwyddai y byddai gyrfa prifysgol Hefo yn profi'n gostus iddo, er na fyddai'n rhaid, diolch byth, torri lawr ar wyliau a gwariant dydd i ddydd oherwydd hynny. Ac unwaith y byddai Hefo wedi cwblhau ei addysg, bwriad ei dad oedd gorchymyn i'r robots bychain gasglu ei holl eiddo daearol at ei gilydd a'i bacio yn y llong ofod, yn ogystal â throi'r tŷ mawr a'r ceir drud a'r holl geriach eraill yr oeddent yn berchen arnynt yn dosierŵns, cyn gwireddu ei freuddwyd bersonol i deithio i sawl bydysawd arall yn ei long ofod fawr sgleiniog.

Roedd Heb yn mwynhau gwaith ysgol ond roedd yn pryderu y byddai'n rhaid iddo adael yr ysgol ar ôl ei arholiadau TGAU i geisio am swydd gan fod arian mor brin gartref. Roedd yn rhyw led-obeithio – ac yn teimlo'n euog am feddwl felly – na fyddai gwaith ar gael iddo ac y byddai'n gallu symud ymlaen i'r chweched dosbarth. Petai hynny'n digwydd, efallai y byddai'n gallu cael un neu ddwy o sifftiau penwythnos yn y siop lle roedd ei fam yn gweithio er mwyn gwneud cyfraniad ariannol gartref. Nid oedd yn teimlo'n obeithiol iawn y byddai'n medru mynd i'r brifysgol hyd yn oed petai'n byw gartref gydol ei gyfnod yno. Roedd Heb yn mwynhau darllen a ffilmiau a mynd am dro efo'i ffrindiau. Yn ogystal â rhoi cymorth i'w fam o gwmpas y tŷ, roedd wedi dechrau coginio ambell i bryd ac yn cael hwyl ar wneud hynny – teimlai o'r herwydd ei fod yn ysgafnu rhywfaint ar faich ei fam. Roedd mam Heb yn falch iawn ohono ef a'i frawd bach – roedd hi'n teimlo'n euog na fedrai hi roi gwell cyfleoedd iddyn nhw. Roedd cynnal bywyd bob dydd yn ddigon iddi hi, ac roedd yn trio'i gorau i anwybyddu'r holl broblemau fyddai'n sicr o godi yn y dyfodol. Nid oedd gan y teulu obaith o ailadeiladu'r llong ofod fach rydlyd a darniog – roedd hyd yn oed selotêp a felcro a No More Nails wedi mynd yn gostus – a cheisio gwell bywyd ar blaned, neu mewn bydysawd arall. Roedd tad Heb yn prysur anobeithio: ambell ddiwrnod byddai'n deffro a chredu am eiliad neu ddwy mai breuddwyd, neu yn wir hunllef, oedd y cyfan.

Griff a Rhian

'. . . ac rydach chi'n gwbod yn iawn 'mod i'n cadw'r petha gora i chi'ch dwy bob tro.'

'Dwi'n siŵr eich bod chi'n deud hynny wrthyn nhw ym mhob siop, Griff.'

'O! Tydach chi'n ddwy o rai calongaled – Shirley ac Ann – *the iron ladies!* A finna wedi bod i fyny ers oria yn dewis y dillad 'ma i chi.'

'Chi sy wedi'u dewis nhw wsnos yma, Griff? Yn sbesial i ni?'

'Ia siŵr. Tydach chi ddim yn meddwl 'mod i'n gadael iddyn nhw yrru unrhyw hen sbarion i chi, gobeithio? A chitha'n bod yn gas efo fi wedi'r holl draffarth. Wn i ddim wir.'

'Dowch 'laen. Mi gewch chi banad am eich traffarth. Ac os wnewch chi chwarae'ch cardia'n iawn, ella fydd 'na *digestive* yn rhan o'r fargan.'

'Efo tshocled arni?'

'Dach chi'n pwsio'ch lwc heddiw, Griff!'

Dwi wrth fy modd efo'r gwaith yma. Tydi o ddim yn talu cystal â fy hen swydd i yn yr iard, ond mae o'n waith dipyn sgafnach ac mae'r bobol dwi'n gneud efo nhw'n llai pigog ar y cyfan. A dwi wedi bod yn lwcus cael swydd o gwbwl – mae 'na un neu ddau o'r hogia ro'n i'n gweithio efo nhw sy byth wedi medru cael bachiad yn nunlla.

Ac mae gen i biti dros Trefor hefyd. Roedd o'n fòs da – halan y ddaear, y teip nad oes ganddo fo ofn baeddu'i ddwylo'i hun – nid un o'r rheini sy'n eistedd mewn swyddfa mewn siwt yn gweiddi ordors. Wedi cychwyn o'r dechra a gweithio'n galad ar y diawl i gael yr iard 'na ar ei thraed. Ac wedi gneud pob dim medra fo i drio cadw'r lle i fynd. Ac i ni'r hogia oedd yn gweithio iddo fo'n fwy na dim erbyn y diwadd. Roedd o'n o agos at oed ymddeol, dwi'n meddwl, a go brin ei fod o'n gweld isio dima neu ddwy efo'r tŷ mawr 'na a'r busnas. Ond fyswn i'n dallt yn iawn tasa fo ddim isio bod yn tŷ trwy'r dydd bob dydd efo'r wraig 'na sy ganddo fo chwaith. Mi gawson ni'n gwadd yno i Barti Calan un flwyddyn – wn i ddim yn y byd pam. Trefor wedi cael myll am unwaith ella – wedi laru ar Diane yn trio'i orfodi o i gymysgu efo rhyw bobol grand oedd yn perthyn i'r gymdeithas yma a'r clwb acw, ella. Ac yn mynnu ei fod o'n cael gofyn i bobol roedd o'n nabod ei hun. Wn i ddim. Y drefn arferol fydda i Trefor fynd â ni, hogia'r iard, allan am ginio a pheint ar y p'nawn dydd Gwener ola cyn Dolig – mi fydda'r iard yn cau hannar dydd y dwrnod hwnnw. Ac os oedd hi wedi bod yn flwyddyn dda, mi fysa na ryw gelc bach ychwanegol yn y pacad pae hefyd. Un da felly oedd Trefor. Wel, dyna lle roeddan ni'r flwyddyn honno, yn mwydro a malu awyr fel mae rhywun, wedi cael llond bol o ginio canol dydd a pheint neu ddau i'w ganlyn, pan aeth Trefor i'w bocad ac estyn yr amlenni crand 'ma, un bob un, i ni i gyd. Dwi'n siŵr ein bod ni wedi sbio'n wirion arno fo – meddwl ei fod o wedi dod â chardia Dolig i ni. A dwi'n cofio'n iawn sut roeddan ni'n trin hogia oedd yn rhoi cardia Dolig yn yr ysgol – yn enwedig os oeddan nhw'n rhoi cardia i hogia eraill. 'Babi Mam', 'teachers pet', 'poof' – tydi plant yn greulon, dudwch? Beth bynnag am hynny, wedi cael ein gwadd i'r parti 'ma oeddan ni.

Wel, am strach – mi allwch fentro. Y gwragedd a'r cariadon i gyd mewn panigs yn poeni am be i wisgo, a ninna fawr gwell – oedd hi'n achlysur ar gyfar siwt, ynteu fysa *smart/casual* yn ddigon da? Ac a oedd ein syniad ni o *smart/casual* yr un fath â'u syniad nhw o *smart/casual*? Roedd yr R.S.V.P. ar y cardyn wedi llorio dau o'r hogia cyn iddyn nhw fynd dim pellach. A doedd 'na neb isio ffonio i ddeud a oeddan ni'n mynd neu beidio rhag ofn i Diane atab y ffôn. Trwy lwc, mi ffoniodd Trefor bawb ar ôl Dolig i holi a oeddan ni'n dod, a deud wrthan ni nad oedd angan siwt, diolch byth. Dwi'n meddwl ella ei fod o'n teimlo erbyn hynny ei bod hi wedi bod yn gamgymeriad gofyn i ni. Nid ei fod o'n teimlo cywilydd ohonan ni, ond ella'i fod o'n ama na fysa ganddon ni fawr i'w ddeud wrth ffrindia crand Diane.

Ac wrth gwrs, doedd ganddon ni ddim. Chwarae teg, roedd pawb reit gwrtais a'r hen Trefor bron â phlygu ei hun y tu ôl ymlaen i neud i ni deimlo'n gyfforddus. Ond digon trwsgwl oedd y sgwrs. Unwaith roedd yr 'helô-sut-ydach-chi-a-be-dach-chi'n-neud' drosodd mi aeth hi'n nos ar y rhan fwya ohonan ni, ac yn amlwg doedd gan gronis Diane ddim diddordab ym mywyda hogia oedd yn gweithio yn iard Trefor a'u teuluoedd. A doedd ganddon ninna fawr i'w gyfrannu at sgwrs oedd yn troi o gwmpas gwylia yn y Caribî, ceir drud, golff, a phwy oedd wedi gweld pwy efo phwy mewn rhyw *do* crand neu'i gilydd. Syndod gymaint ohonan ni oedd yn gorfod mynd adra'n fuan y noson honno – y bobol ifanc oedd yn gwarchod i ni angan codi ben bora dwrnod wedyn, y gath ddim hannar da, Nain wedi bod dipyn bach yn bethma dros y gwylia a ddim isio'i gadael hi'n rhy hir. I'r dafarn leol aethon ni, a chael andros o sbort am ryw awr neu ddwy yn dynwarad y pwysigion. Chwerthin nes oeddan ni'n sâl jest. Dwi'n meddwl ein bod ni i gyd wedi bod yn dal yn ôl gymaint rhag ofn i ni neud neu ddeud rhywbeth gwirion yn y tŷ nes bod cael gwarad ar y tensiwn wedi mynd i'n penna ni. A deud y gwir, o'r olwg oedd ar ei wynab o pan oeddan ni i gyd yn gadael, dwi'n siŵr y bysa wedi bod yn well gan Trefor ddod efo ni nag aros lle roedd o. Ond bod ganddo fo ofn cael cythral o row wedyn.

Roedd Rhian, y wraig 'cw, yn edrach cystal â'r merchaid crand 'na bob tamaid. Gwell, a deud y gwir – roeddan nhw'n dibynnu ar baent a phowdwr. Mae Rhian yn dlws fel ag y mae hi. Dwi'n poeni amdani hi braidd. Mae hi isio bod yn nyrs ers i ni gyfarfod. Pan 'naethon ni briodi ro'n i'n gweithio i gwmni bysus. Ac oherwydd nad oedd gen i deulu, roeddan nhw wedi dechra ngyrru i ar y tripia pell, y tripia gwylia. Ac roedd Rhian yn gweithio mewn cartra ar gyfar yr henoed, ac wedi cael lle ar gwrs nyrsio. Ond ddim mewn coleg yn fama – mi fysa'n rhaid iddi hi fynd i ffwrdd i stydio. Mi ddeudis i wrthi hi am fynd, ond fel mae rhywun pan mae o'n ifanc, mi 'naeth y ddau ohonon ni fopio'n wirion a phriodi ffwl sbid. A dyna ta-ta dominô ar y mynd i ffwrdd i stydio. Mi gariodd Rhian ymlaen i weithio yn y cartra nes ganwyd Iolo a Meinir, ond efo fi'n dal i weithio ar y bysus tripia, ac i ffwrdd dipyn go lew, mi roddodd hi'i gwaith i fyny wedyn. Erbyn hynny, mi o'n inna wedi cael llond bol ar y trafeilio – mae o'n swnio'n grêt, ond pan ydach chi'n gorfod gadael eich teulu o hyd i fynd â rhyw griw cwynfanllyd rownd y lle, a'r rheini'n gweld bai arnach chi bob tro mae hi'n bwrw glaw neu pan mae 'na rwbath nad ydyn nhw'n ei lecio i swpar, buan iawn mae rhywun yn blino. Ro'n i'n lwcus cael gwaith yn yr iard, ac am fod gen i drwydded HGV, yn ogystal ag un PSV, mi gefais i waith fel dreifar gan Trefor. A thrwy'n gilydd, mi 'naethon ni'n iawn efo'r plant, ac mi aeth Rhian i'r coleg lleol i neud y cwrs nyrsio o'r diwadd, unwaith roedd Iolo a Meinir wedi cychwyn yn yr ysgol uwchradd. Roedd hi wrthi am oria weithia, yn sgwennu traethoda a ballu gyda'r nos, wedi sifft yn yr ysbyty a gneud petha rownd y tŷ. Wn i ddim sut oedd hi'n dal, a deud y gwir – mi fyswn i wedi digio ac wedi llechio'r llyfra i gyd i'r tân ers talwm. Tydw i'n dda i ddim efo gwaith llyfr – lecio bod allan a gweld pobol fydda i. Dyna sut mae'r joban yma'n fy siwtio i cystal – mynd o gwmpas y siopa mawr bob wsnos yn casglu'r stoc nad ydyn nhw'i isio mwyach, a'i ddanfon i siopa achos da. Nid yn unig dwi'n cael cyfarfod lot o bobol, ond mi dwi'n teimlo 'mod i'n gneud rwbath reit ddefnyddiol hefyd. Wrth gwrs, mi oedd y gwaith ro'n i'n ei neud yn yr iard yn ddefnyddiol. Ond 'mond dreifar y lori o'n i i'r rhan fwya o'r cwsmeriaid – nid person go iawn. Ond gan 'mod i'n gweld yr un bobol o wsnos i wsnos yn y job yma, dwi'n dechra dod i'w nabod nhw a chael sgwrs bach a dipyn o hwyl. Ac mae pawb sy'n gweithio yn y siopa achos da wedi dechra dallt 'mod i'n un am fisgedan tshocled efo 'mhanad.

Mae Rhian wedi gorffan y cwrs ers tair blynadd bellach. Ac mae hi'n ôl yn gneud union yr un gwaith ag yr oedd hi'n ei neud cynt yn y cartra am gyflog mwnci. Ac mae 'na sïon y bydd fan'no'n cau. Mae hi wedi mynd reit ddigalon yn ddiweddar 'ma – sy ddim fel hi o gwbwl. Dwi'n poeni amdani hi.

Reit, dwi bron â chyrraedd y stop nesa – gwell i mi ganolbwyntio. Mae angan bagio'r fan fyny rhyw stryd gefn fach ddigon cul. A tydw i ddim isio'i tholcio hi a rhoi rheswm iddyn nhw gael gwarad arna i. Ac ella os wna i geg gam ar y genod yn y siop yma, y ca i banad arall a bisged tshocled i fynd efo hi.

'. . . o leia mae'n nos Wenar, a dwyt ti ddim yn gweithio dros y penwsnos. Awn ni am dro bach fory ella? A chael tamad o ginio'n rwla? Mae'n siŵr y bydd gan Iolo a Meinir eu plania'u hunain am y penwsnos.'

'Wn i ddim. Mae 'na doman o waith angan ei neud o gwmpas y tŷ 'ma. Ac mi fydd yn rhaid i mi ddechra meddwl am y siopa Dolig cyn bo hir.'

'Yli, Rhi, dos i gael bath ac anghofio am bob dim am dipyn bach. Mi ddechreua i ar y swpar ac mi ddo i â gwydriad o win i fyny i chdi. Ella y gwna i sgwrio dy gefn di hefyd, os fyddi di'n lwcus. Dos, cetia hi.'

'Diolch, Griff. Sori, mae popeth wedi bod yn mynd am 'mhen i'n ddiweddar 'ma. Dwi'n teimlo 'mod i wedi troi'n rhyw hen gnawas flin.'

'Choelia i fyth. Rydan ni i gyd yn teimlo fel'na weithia siŵr. A tydi petha heb fod yn hawdd yn ddiweddar 'ma rhwng bob dim.'

'Tyd â sws i mi ac mi a' i am y bath 'na. Ac mi gawn ni swpar mewn heddwch am unwaith. Mae Iolo a Meinir yn mynd allan i rwla efo'r gweddill ar ôl yr ymarfar.'

Dwi'n hoffi coginio. Mi fydda i'n mwynhau gneud bwyd, yn enwedig swpar i Rhian a fi. Gwahanol iawn i 'nhad – doedd o ddim yn medru berwi ŵy. Coblyn o le efo fo pan aeth Mam i'r sbyty un tro – a dwi'n meddwl mai dyna'r unig dro iddi hi beidio bod yna i neud bwyd iddo fo. 'Naeth o ddim byd ond cwyno – a dim ond dros nos fuo Mam druan yno. A dwi'n siŵr mai'r peth cynta fuo'n rhaid iddi hi'i neud ar ôl mynd adra oedd gneud te i'r hen sinach diog. Ond mi fydda i'n lecio gneud bwyd, er digon hawdd deud hynny pan nad ydw i'n ei neud o bob dydd hefyd. Mae'n siŵr y bysa pawb – wel, pawb heblaw 'nhad – yn hoffi coginio tasan nhw ond yn ei neud o unwaith yr wsnos a chael cymryd eu hamsar a neb yn holi 'Be sy 'na i de?' neu 'Ydi o'n barod – dwi ar frys?' neu 'Dwi'm yn lecio hwnna'. Does gen i fawr yn fy *repertoire* – mi fedra i neud stecan a thatws a salad. A phasta efo bwyd môr. A chyri go lew. Ond ddim byd mwy cymhleth na hynny. Cyri rydan ni'n gael heno – cyri a photal o win. Jest y peth ar nos Wenar.

Ddudais i nad oedd 'na fawr o hwyl arni hi. Mae amball un o'r genod yn y cartra wedi bod yn ddigon annifyr efo hi. Rhyw led-awgrymu bod Rhian yn meddwl ei bod hi'n well na nhw am ei bod hi wedi gneud cwrs nyrsio. Ac mae pawb yn poeni y bydd hwn yn un o'r cartrefi fydd yn cau. Ac mae straen felly'n gneud pawb yn fwy piwis nag arfar. Yn enwedig efo Dolig yn dŵad hefyd a lot o'r genod efo teuluoedd. Mi fyswn i wrth fy modd yn ei gweld hi'n cael gwaith nyrsio ar ôl gneud yr holl waith calad 'na. Mi ddaw 'na rwbath o rwla mae'n siŵr. Ac o leia rydan ni wedi llwyddo i dynnu efo'n gilydd. Mi wn i am sawl teulu sy wedi chwalu'n ddiweddar – pobol heb waith a heb arian ac yn dechra gweld bai ar ei gilydd. Heb sôn am y rhai sy'n gorfod mynd i ffwrdd i gael gwaith. Mae Seimon, oedd yn gweithio efo fi yn yr iard, wedi mynd i yrru loris ym mhen draw Lloegr yn rwla. A hwnnw efo babi blwydd. Gobeithio y down nhw drwyddi.

Dwi'n cofio un o'r llwythi ola nes i eu danfon i Trefor – rhyw gwpwl yn gneud tŷ i fyny – rhyw estyniad bychan a thwtio a ballu. A finna wedi cael ordors i fynd yna peth cynta – yr adeiladwr isio cychwyn ben bora hwnnw, neu rwbath. Beth bynnag am hynny, dyma fi'n cyrraedd a chnocio'r drws. Neb yn atab ond rhyw sŵn nadu yn dod o du ôl i'r drws. Dyma fi'n trio eto. Dim atab ond mwy o nadu. Dyma fi rownd at y drws cefn, meddwl bod pwy bynnag oedd bia'r tŷ wedi cael ei daro'n wael. Wel, am le. Roedd y cwpwl oedd yn byw yno wedi cael uffarn o row'r noson cynt – *fisty-cuffs* a bob dim, yn ôl pob golwg. Dwi'n meddwl bod na dipyn go lew o tsheribincs yn y *mix* hefyd. Roedd hi ar ei hyd yn y gegin efo llygad ddu, ac yntau ar ei hyd y tu ôl i'r drws ffrynt. Doeddan nhw ddim wedi brifo'n ofnadwy, ond roedd 'na olwg y diawl arnyn nhw ac ar y tŷ. Roedd 'na lestri a gwydra wedi'u torri ym mhob man, a'r ddau ohonyn nhw'n fân sgriffiada i gyd wedi bod yn cwffio yng nghanol y darna yn ôl bob tebyg. Dyma'r ddau'n dechra dod atyn nhw'u hunain ar ôl i mi gyrraedd, a dyma nhw'n dechra arni eto, y naill am y gora efo'r llall. Ddalltish i fawr ddim, ond dwi'n meddwl mai pwy oedd yn talu am yr estyniad oedd asgwrn y gynnen, a phwy fydda'n elwa tasan nhw'n gwahanu neu'n gwerthu'r tŷ ryw dro eto. Synnwn i ddim bod y ryw dro eto wedi dod yn handi ar y naw i'r ddau ohonyn nhw. A'n gwaredo! Ei heglu hi o'no nes i, efo'r stwff i gyd yn dal yn ddel ar y lori. A'r hogia'n chwerthin ar 'mhen i pan gyrhaeddais i'n ôl yn yr iard. Deud bod 'na olwg fel taswn i wedi gweld drychiolaeth arna i. Ac mae'n siwr bod 'na hefyd. Does gan rywun gymaint i fod yn ddiolchgar amdana fo – ond mae hi'n anodd gweld hynny weithia tydi, pan mae petha'n dalcan calad.

Reit, mae'r cyri yn y popdy rŵan. Mi ro i'r reis ar wres isal ac yna mi a' i â gwin Rhian iddi. Ella bydd hwnnw a'r cynnig anhygoel wnes i i sgrwbio'i chefn hi'n ddigon i godi'i chalon hi am dipyn bach.

Dyddlyfr Robat Jones

Glywsoch chi'r jôc honno am y Samariaid? Sut mae hi'n mynd dwedwch? Mi oedd John – John ydi enw bob dyn mewn stori fel hyn 'te? Sgwn i pam? Ta waeth, roedd John druan wedi cael cyfnod ofnadwy – wedi colli'i waith, ei wraig wedi rhedeg i ffwrdd efo'i ffrind gorau, ac roedd o wedi dreifio'i gar newydd sbon danlli mewn i ffos nes bod hwnnw'n racs jibidêrs. Dyma John yn penderfynu nad oedd bywyd yn werth ei fyw, felly ffwrdd â fo i neidio dros Bont Borth. Sefyll ar ochor y Bont yn barod i neidio oedd o pan welodd o rif ffôn y Samariaid yno. A dyma fo'n deialu'r rhif, fel y byddai rhywun mewn sefyllfa felly, am wn i. A thra oedd o'n disgwyl i rywun godi'r ffôn, dyma fo'n dechrau gollwng ei hun lawr oddi ar y Bont – doedd yr hen John ddim yn hoff iawn o uchder, ac roedd o'n tueddu at bendro dim ond wrth newid bylb – nes ei fod o'n hongian yno efo un llaw yn gafael yn y Bont a'r llall yn gafael yn y ffôn. Y peth nesa glywodd o oedd llais ar ben arall y ffôn yn dweud, 'Os ydach chi ar fin difa'ch hun, pwyswch un; os ydach chi . . .' Un llaw yn dal yn dynn yn y Bont, y llaw arall yn dal y ffôn, sut oedd o'n mynd i . . .? Ta waeth, ella mai jôc ar y diawl ydi hi, erbyn meddwl.

Tydw i ddim yn mynd i'r lol Ysgyrnygu Creadigol 'na eto.

A tydw i ddim yn mynd ar gyfyl y *pole dancing* chwaith. Hyd yn oed os ydyn nhw'n bygwth stopio 'mhres i. Ac rydw i wedi cael llond cratsh eistedd yn fama'n rwdlian efo fi fy hun a sgwennu rwtsh yn y llyfr coch 'ma. Rydw i eisiau i bethau fod fel ag yr oeddan nhw. Ella nad oeddan nhw'n berffaith, ond myn diawl i, mi oeddan nhw'n well na hyn! Roedd gan Shirley a fi dŷ cyfforddus a gwaith a phres a hunan-barch ac roeddan ni'n gallu mwynhau ein hunain a mwynhau bod efo'n gilydd.

Mi fues wrthi'n sgrwbio'r twlc bach anghynnas 'ma trwy'r p'nawn ddoe – meddwl y byddwn i'n gallu gwadd Shirley am swpar. Cyfle i gael sgwrs – tasa hi'n fodlon dod, hynny ydi. Wnes i ddim mynd am y deg eitem yn y siop bunt, neu fyddai gen i ddim digon yn weddill i brynu swpar, ond mi wnes i wario punt neu ddwy yno. Ac i be? Tydi'r lle 'ma'n edrach ddim tamaid gwell – rydw i wedi gwario pedair punt ar bethau glanhau oedd mor effeithiol â cheisio clirio eira oddi ar yr Wyddfa efo llwy de, ac rydw i wedi sylweddoli na fedrwn i byth ddisgwyl i Shirley ddod i'r fath dwll.

A rŵan rydw i'n difaru afradu 'mhedair punt . . . mi fyddai hwnnw wedi prynu rhyw ffisig fyddai'n gwneud i'r lle 'ma edrych rhyw siedan fach gwell, ella . . . mae'r hofal bach cachu 'ma'n gwneud i mi deimlo ganmil gwaeth na wnes i 'rioed . . . mae o'n gwneud 'y mhen i mewn . . . rydw i eisiau mynd adra . . . rydw i eisiau mynd at Shirley . . .

Shirley

Cerddodd Shirley allan o'r syrjeri yn teimlo'n llawer iawn gwaeth nag yr oedd hi pan gerddodd hi i mewn yno. Roedd y meddyg wedi'i thrin fel dynes niwrotig ganol oed oedd yn gwastraffu ei amser gwerthfawr. Doedd ryfedd yn y byd nad oedd Robat eisiau mynd i'w weld o wir! A hithau'n meddwl siŵr y byddai o'n fodlon gwrando, o leiaf, ac efallai wneud rhyw ychydig mwy na dim ond sgwennu presgripsiwn iddi cyn iddi gael cyfle i gynhesu'r sêt. Roedd hi wedi clywed y merched oedd y tu ôl i'r ddesg yn y dderbynfa yn dweud ei fod o'n dechrau ei wyliau ddiwedd yr wythnos – mynd i chwarae golff i rywle. Roedd hi'n amlwg bod ei feddwl o wedi mynd ar ei wyliau o flaen y gweddill ohono – ymarfer ei *swing* yn hytrach na chanolbwyntio ar ei gleifion oedd o'r bore hwnnw'n sicr.

Roedd hi'n teimlo fel mynd adref a mynd i'w gwely a chrio lond y tshestadrôrs. Ond roedd hi'n dechrau prysuro yn y siop a doedd wiw iddi ddiflannu wedi dweud wrth Ann y byddai hi'n ei hôl ymhen yr awr. Pa mor drybeilig bynnag roedd hi'n teimlo.

Ac os nad adref i'w gwely, yna i weld Robat. I'r ddau ohonynt gael galw'r ymhonnwr 'na o feddyg yn bob enw dan haul, a chael sbort am ei ben a rhannu straeon digri a chwerthin a . . .

'Sut est ti 'mlaen?'

'Gwastraff amsar, Ann.'

'Gest ti rwbath ganddo fo?'

'Do, ond roedd o wedi dechra sgwennu'r presgripsiwn cyn i mi eistedd bron.'

'Wnaeth o ddim cynnig dim byd arall i chdi – cyfle i siarad efo rhywun? Neu ddosbarthiada ymlacio?'

'Hy! Roedd o'n rhy brysur o lawar yn poeni am ymlacio'i hun i hitio fawr amdana i.'

'Oes 'na feddyg arall yn y practis fedri di weld? Rhywun mwy goleuedig?'

'Ga i weld. Does gen i fawr o awydd mynd yn ôl yna rŵan, a deud y gwir. Rydw i'n medru gweld rŵan pam bod Robat mor gyndyn o fynd yn ôl yno. Ro'n i'n meddwl mai gwneud esgusion oedd o.'

Roedd rhywbeth mawr wedi digwydd ym myd bach un deimensiwn sêr yr opera sebon arbennig hon. Ni wyddai Shirley beth, er ei bod, yn ymddangosiadol o leiaf, wedi bod yn dilyn hynt a helynt preswylwyr y tai ar y tywod ers wythnosau. Mae'n rhaid ei fod yn rhywbeth o bwys gan fod yna lawer o weiddi a sgrechian a chau drysau'n glep.

Eisteddai Shirley ar y soffa, yn bwyta ei phryd parod yn synfyfyriol, a go brin y byddai hi wedi medru ateb cwestiwn cwis tafarn am gynnwys ei swper, heb sôn am gynnwys tyngedfennol rhifyn y dydd o'r opera sebon. Roedd hi am fynd i weld Robat – roedd ei phrofiad yn y syrjeri wedi'i gwthio i wneud penderfyniad, wedi gwneud iddi deimlo bod y ddau yn yr un cwch rywsut. Nhw ill dau yn erbyn y byd – dyna sut roedd hi wedi bod ers talwm, wedi colli'r babis. Ac efallai mai hi oedd y cryfaf bryd hynny, ond byddai'n rhaid i'r ddau drio helpu'i gilydd rŵan, er na wyddai hi sut. Ond fedrai hi ddim meddwl am Robat yn y fflat bach dilewyrch 'na dros y Dolig. A na, fydden nhw ddim yn gallu fforddio mynd i ffwrdd fel y bydden nhw'n arfer ei wneud. Ond fedrai hi ddim eistedd yn fama'n meddwl am Robat yn eistedd yn fan'cw. O leiaf mi fydden nhw'n gallu bod yn ddigalon efo'i gilydd ac o dan yr un to, faint bynnag o gysur fyddai hynny. Doedd yna ddim pwynt disgwyl i neb arall wneud dim – roedd ei hymweliad â'r meddyg wedi dangos hynny'n glir iddi. Ac efallai'i bod hi'n stryffaglio ar hyn o bryd, ond felly roedd bywyd i lawer fel ag yr oedd pethau. A doedd hi ddim yn bwriadu gadael i ryw feddyg dwy a dimau ei thrin hi fel tasa hi'n ddim byd ond hulpen hysterigal hanner pan. Mi fyddai hi'n mynd i weld Robat. I gael sgwrs ac i weld sut oedd o. Ac i ofyn iddo fo ddod adref.

Aeth Shirley i'w gwely'n teimlo'n well nag a wnaeth ers tro.

Emma a Tom

Tydw i ddim yn sdresd. Tydw *i* ddim yn sdresd. Tydw i *ddim* yn sdresd. Tydw i ddim *yn* sdresd. Tydw i ddim yn *sdresd*. Ydw, dwi'n sdresd. Dwi'n FFYCIN SDRESD. Mi fyddai byw efo honna'n ddigon i wneud unrhyw un yn FFYCIN SDRESD.

Mae Alison, fy ffrind, yn credu'n gryf mewn myfyrio ac ymlacio. Mae hi'n dweud y byddai'n gwneud lles i minnau hefyd. Mae hi wedi rhoi rhyw lyfr a CD i mi'n barod. Rydw i wedi ffeindio bod y straen o drio ymlacio'n fy ngwneud i'n fwy sdresd o'r hanner. Mi fyddai potel o jin ac ugain o Gauloises yn gwneud gwell job. Ond fedra i ddim fforddio ymlacio felly erbyn hyn. A doeddwn i byth bron yn rhegi nes i mi ddod i fyw yma – petai Mam yn fy nghlywed i rŵan, a minnau'n hogan Ysgol Sul ers talwm, mi fyddai hi'n golchi 'ngheg i efo dŵr a sebon. Mae Tom yn derbyn y sefyllfa yn llawer gwell na mi. Wrth gwrs, tŷ ei rieni o ydi o a mi fuo fo'n byw yma ei hun am flynyddoedd. Ond mae o mor oddefgar nes gwneud i mi deimlo'n fwy fel *pressure cooker* ar fin ffrwydro nag yr ydw i. Rydw i'n ei garu o, a fyddwn i byth wedi dod drwy'r misoedd diwetha yma hebddo fo, ond pan fydd o'n gwenu'n ddel arna i, a minnau yng nghanol mynd trwy 'mhethau, mi fydda i'n teimlo fel rhwygo'i ben o oddi ar ei 'sgwyddau o a'i luchio fo trwy'r ffenest a'i gicio fo rownd y *patio* a sgorio gôl rhwng y potiau petiwnias.

Peidiwch â 'nghamddeall hi. Mae hi wedi bod yn glên iawn yn ei ffordd ei hun – Gaynor, fy mam-yng-nghyfraith – yn ein cymryd ni i mewn, neu wn i ddim be fyddai wedi digwydd i ni. Mae Mam wedi symud i fýngalo bach un llofft ers tro, a dim ond jyst lle i'r gath a Mam ei hun sydd yn fan'no. Ond tydi Gaynor ddim am i ni – wel, am i mi, o leia – anghofio pa mor haelfrydig y mae hi wedi bod. Mae Harri – fy nhad-yng-nghyfraith – yn hen foi iawn – fy nhrin i fel un o'r teulu bob amser. Ond mae *hi* yn gweld bai arna i am yr hyn sy wedi digwydd.

Fy nhaid gychwynnodd y busnes – Vernon Jones, Supplier of Fine Furniture – ar ôl y rhyfel. Ac wedyn mi aeth fy nhad i weithio efo Taid – Vernon Jones & Son, Fine Furniture and Interiors – ar ôl gadael yr ysgol. Does gen i ddim brawd na chwaer, ond wnaeth Mam na Dad erioed roi pwysau arna i i fynd i'r busnes. Roeddwn i'n gwneud yn iawn yn yr ysgol, ond doedd gen i ddim syniad be roeddwn i eisiau ei wneud – dim ond fel fydd pobol ifanc, yn meddwl am fod yn nyrs yn Affrica un wythnos a phrif weinidog benywaidd cyntaf Cymru yr wythnos ganlynol. Felly mi wnes i benderfynu cymryd blwyddyn allan a mynd i weithio efo Dad i ennill dipyn o bres am ryw chwe mis, ac wedyn roeddwn i am fynd i deithio. Rhyw derm od ydi blwyddyn allan, fydda i'n meddwl. Ydi o'n golygu 'allan' yn yr ystyr allan yn yr ardd? Neu allan o'ch pen? Neu allan ohoni hi? Neu wedi picio allan i Tesco? Tydi o'n swnio ddim gwell yn yr iaith fain – *gap year*. Gwneud i mi feddwl bob amser am yr arwyddion yn y gorsafoedd tanddaearol yn Llundain – *mind the gap*. Mi ddwedais i fod byw efo hon wedi gwneud i mi fynd reit wirion. Wel, mi aeth y chwe mis yn flwyddyn a'r flwyddyn yn ddwy, ac yna'n dair, a dyna lle y bûm i, yn y siop efo Dad. Roedden ni'n dallt ein gilydd yn iawn, a'r busnes, hyd y gwyddwn i, yn ffynnu. Roedd Dad eisiau cael arwydd newydd – Richard Jones a'i Ferch, Cyflenwyr Dodrefn o Safon – ond mi wnes i ei berswadio i ddal arni am dipyn bach. Rhyw deimlo y byddai hynny'n fy nghlymu i'r siop unwaith ac am byth a minnau ddim ond jyst yn un ar hugain. Dechrau canlyn oedd hi wedyn – efo Tom, oedd wedi gwneud gradd mewn mathemateg a busnes ac wedi cael ei dderbyn ar gyfer cynllun *fast track* yn y banc. Fo oedd wedi cael ei benodi'n *business manager* arnon ni. Siŵr ei fod yn difaru'i enaid erbyn hyn, er tydi o erioed wedi edliw dim byd i mi, chwarae teg iddo fo. Sy'n fwy na fedra i ddweud amdani *hi*. Ond wn i ddim be fyddwn i'n ei wneud heb Tom.

Cancr gafodd Dad. Rhyw chwe mis fuodd o'n sâl i gyd. A doeddwn i ddim am adael i'r busnes fynd wedyn. A finnau wedi gweithio yno efo Dad ers gadael yr ysgol. Mi fyddai'n rhaid i rywun arall fod yn brif weinidog benywaidd cyntaf Cymru – roedd gen i fusnes i'w redeg. Ond erbyn eistedd i lawr efo Tom – roedd y berthynas yn un bersonol yn ogystal ag un broffesiynol erbyn hynny, wrth gwrs, a mynd trwy'r gwaith papur i gyd, doedd y busnes heb fod yn gwneud cystal ag yr oeddwn i wedi'i feddwl. Roedd yn rhaid gwneud penderfyniad – gwneud cynllun busnes a mynd amdani, neu werthu. Wel, doedd Tom yn cael fawr o flas ar ei waith yn y banc, felly dyma benderfynu y bydden ni'n dau'n bwrw iddi efo'r busnes. Roedd yna fflat uwchben y siop nad oedd wedi cael ei ddefnyddio ers blynyddoedd ac mi wnaethon ni ei adnewyddu a byw yn fan'no. Priodas fechan oedd hi – petai Gaynor wedi cael ei ffordd ei hun, mi fyddai hi wedi cael y trimins i gyd. A rhywun mwy addas fel merch-yng-nghyfraith, petai hi'n dod i hynny. Ond y fi a'm dyledion gafodd hi a tydi hi byth wedi dod dros y siom. Mi wnaeth Tom a finnau weithio fel lladd nadroedd – Morgans, Popeth Gorau ar Gyfer y Cartref – ac roeddan ni'n dechrau gweld ychydig o elw o'r diwedd. Ac roedden ni wedi dechrau gwerthu dros y we, oedd yn dipyn o waith ychwanegol, ond yn talu ar ei ganfed. Mi oeddem ni'n dal i werthu dodrefn, ond yn cadw dipyn mwy o *soft furnishings* nag oedd yn y siop yn nyddiau 'nhad. Tydi pobol yn prynu llenni a chlustogau yn amlach nag y byddan nhw'n prynu *three-piece*? Heblaw am y dirwasgiad mi fydden ni wedi bod yn iawn. Ond pan mae arian yn brin, mae hi'n amhosib i fusnesau bach annibynnol gystadlu efo Tesco Direct ac Amazon ac Ikea. Heb sôn am lefydd fel Home Bargains sy'n gwerthu bob dim dan haul am y nesa peth i ddim. Hyd yn oed os ydyn nhw'n syrthio'n ddarnau mewn wythnos neu ddwy. Chwilio am rywbeth rhad a lliwgar i godi calon mae pobol pan mae pethau'n ddrwg, nid chwilio am

124

rywbeth o safon wneith bara. A doedden ni ond newydd gael ein traed oddi tanom fel ag yr oedd hi. O leia, mi aeth siopau MFI – neu MI5 fel y byddai Mam yn eu galw nhw – i'r wal o'n blaenau ni.

Mi lwyddon ni i osgoi cael ein gwneud yn fethdalwyr trwy werthu bob dim. Ac mi gawson ni ryw ychydig o gymorth gan Harri, i wneud iawn am yr hyn roeddan ni'n brin ohono. Ond tydi *hi* ddim yn gwybod am hynny. Mae hi'n ddigon anodd byw efo hi heb iddi gael gwybod hynny.

Roeddwn i'n teimlo'n sobor o ddrwg oherwydd bod Beti wedi colli ei gwaith efo ni hefyd. Roedd hi'n dod fewn am gwpwl o ddyddiau bob wythnos, fyddai'n rhoi cyfle i Tom a finnau ofalu am y gwaith papur, neu osod stoc newydd allan, neu weithio ar ein gwefan. Mi fydda i'n dal i weld Beti yn y dre o bryd i'w gilydd – mae hi bob amser yn holi amdanon ni'n dau ac yn wên o glust i glust a byth yn ymddangos fel petai hi'n dal dig. Go brin ei bod hi – tydi hi ddim y teip – ond rydw i'n dal i deimlo'n euog.

Tydi Tom a finnau heb gael rhyw go iawn ers i ni ddod yma i fyw. Does ryfedd 'mod i'n sdresd. Ond rydw i'n siŵr ei bod *hi*'n gwrando ar bob dim rydan ni'n ei wneud yn y llofft. Mi fyddwn ni'n mynd i'r gwely ac rydw i'n ei gweld hi, yn fy meddwl, yr ochor arall i'r pared, efo gwydr wrth ei chlust, yn gwneud yn siŵr nad ydan ni'n meiddio cael hanci-panci o dan ei tho sanctaidd hi. Nac yn llygru ei chynfasau lliain gorau ond un trwy rechan arnyn nhw. Tydi Tom ddim yn poeni gymaint â fi am bethau felly. Ond rydw i'n meddwl y byddwn i'n teimlo felly petaen ni wedi byw efo fy rhieni i hefyd. Ddim i'r un graddau, ella, ond fyddwn i ddim yn lecio meddwl bod neb yn clustfeinio arnon ni ym mhreifatrwydd ein stafell wely. Ond does yna ddim fath beth â phreifatrwydd o dan ei tho hi. Synnwn i ddim ei bod hi wedi gosod CCTV yn y tŷ bach, rhag ofn i mi ddefnyddio gormod o bapur a chreu hafoc efo'r *U-bend*.

Petai pethau wedi bod yn wahanol, mi fydden ni wedi medru meddwl am ddechrau teulu mewn ychydig flynyddoedd, unwaith roedd y busnes yn fwy sefydlog. Ond fyddwn i ddim eisiau magu plentyn yn fama, hyd yn oed tasan ni'n medru caru fel ag y mynnon ni – ar y mat o flaen y tân yn y stafell fyw ella – a hitha'n eistedd yno'n sidêt yn gwylio *Dechrau Canu, Dechrau Canmol* ac yn smalio nad oedd dim byd anghyffredin yn digwydd o dan ei thrwyn hi. Rydw i'n dal i ddweud bod byw yma'n fy ngwneud i'n reit hurt.

Mae gan Tom gyfweliad wythnos nesa. Mewn banc, ond ddim yr un un ag yr oedd o'n gweithio iddyn nhw. Tydw i ddim am godi fy ngobeithion yn rhy uchel. Rydan ni'n dau wedi cael ambell gyfweliad yn barod, ond heb gael dim lwc hyd yn hyn. Mae gan Tom well gobaith nag sydd gen i – unwaith mae pwy bynnag sy'n cyfweld yn sylweddoli fy mod i wedi rhedeg busnes a hwnnw wedi mynd i'r wal, tydyn nhw'n methu cael gwarad arna i'n ddigon buan. Fel petai rhywbeth fel'na'n heintus neu bod perygl i mi osod rhyw fath o felltith arnyn nhw a'u busnes.

Rydw i am bicio i'r dre mewn munud i chwilio am dei

newydd i Tom – i weld ddaw hynny â thipyn o lwc iddo fo. Mae yna bob math o deis digon derbyniol i'w cael yn y siop achos da. Yn fan'no y bydda i'n gwneud y rhan fwya o'm siopa dillad erbyn hyn – nid 'mod i'n gwneud llawer o siopa dillad o gwbwl dyddiau yma. Ond hyd yn oed os nad ydach chi wirioneddol angen rhywbeth newydd, mae pawb angen rhyw drît bach i godi calon bob hyn a hyn. Ac maen nhw'n glên iawn yn y siop bob amser. Mae Beti wedi dechrau gwirfoddoli yno'n ddiweddar – mae'n rhaid i mi gyfadde os bydda i'n ei gweld hi wrth y til drwy'r ffenest yna mi fydda i'n troi ar fy sawdl a mynd 'nôl rhyw ddiwrnod arall pan nad ydi hi yno. Hurt bost, a hithau mor glên – beryg y byddwn i'n ei gweld hi'n haws petai hi'n gweiddi a harthio arna i. Mae un o'r bechgyn ifanc sy'n gweithio yno – gwirfoddoli mae o hefyd, rydw i bron yn siŵr – yn gweini yn y Bistro Bach hefyd. Roedd o'n gweithio yno noson y parti. Roedd *hi* yn cael ei phen-blwydd yn bum deg. Wel, dyna roedd hi'n ei ddweud. Rydw i'n amau ei bod hi wedi tocio blwyddyn neu ddwy fy hun, ond dyna ni – prin y medrwn i fynnu gweld ei thystysgrif geni. Dim ond ers rhyw bythefnos roeddan ni wedi symud i mewn, ac a dweud y gwir, doedd yr un o'r ddau ohonom yn teimlo fel dathlu rhyw lawer dan yr amgylchiadau. Ond roedd hi wedi trefnu'r bwrdd yn y Bistro Bach ac yn argyhoeddedig y byddai mynd allan am fwyd yn gwneud lles mawr i ni a chodi ein calonnau i'r entrychion a gwneud i ni deimlo'n dragwyddol ddiolchgar iddi hi am ei haelioni di-ben-draw. Felly mynd fu raid. Wel, am wneud sioe – roedd hi'n gwisgo ffrog efo gwddw isel na fyddwn i wedi mentro'i gwisgo fyth. Ac os oedd y gwddw'n isel, roedd yr hem yn uwch. Tydw i ddim yn dweud nad ydi hi'n edrych yn dda am ei hoed – faint bynnag ydi hwnnw, mewn gwirionedd – ond ffrog y byddai merch yn ei harddegau'n ei gwisgo i fynd i'w disgo cyntaf oedd hon. Ac roedd hi eisiau'r bwrdd wrth y ffenest i bawb gael ein gweld; roedd hi wedi dod â rhyw falŵn binc llachar oedd yn dweud '50 today' arni efo hi ac mi wnaeth hi glymu llinyn y balŵn i'r teclyn oedd yn dal yr halen a phupur yng nghanol y bwrdd; roedd hi eisiau potelaid o'r siampên gorau, nid potelaid o win fel pawb arall; roedd hi eisiau cannwyll ar ben ei thafell o *black forest gateau*, ac wrth gwrs, roedd yn rhaid i bawb yno ganu 'Pen-blwydd Hapus' wedi dyfodiad y blydi gacen. Ac os dywedodd hi unwaith wrth bawb oedd yn ddigon cwrtais – neu dwp – i wrando arni hi, ei bod hi'n ein tretio ni i'r pryd bendigedig yma oherwydd ein bod wedi profi anlwc, mi ddywedodd hi ganwaith. A'i bod hi wedi ein cymryd ni i mewn, fel petaen ni wedi bod yn byw ar y stryd ers misoedd. Doedd Tom a finnau ddim yn gwybod ble i edrych. A doedd Harri druan fawr gwell. Er, mae'n debyg ei fod o wedi cael mwy o bractis ar gymryd arno nad oedd o'n perthyn dim iddi hi nag oeddan ni. Mai jyst wedi digwydd taro mewn i'r ddynes wallgof hon oedd o ar gornel y stryd a'i bod hi wedi'i herwgipio.

Roedd gen i ofn mynd i'r siop achos da am sbel wedi hynny. Ond doedd dim angen i mi boeni. Dim ond gwenu'n gydymdeimladol wnaeth y gŵr ifanc yno a'm trin i â'i gwrteisi arferol. Mae'n siŵr ei fod o'n dod ar draws pob math o bobol od naill ai yn y siop achos da neu'r Bistro Bach.

Mae Tom wedi mynd i'r llyfrgell i wneud rhyw gymaint o waith paratoi ar gyfer ei gyfweliad. Mae 'na fwy o lonydd i'w gael yno. Mi ddwedais i y byddwn i'n galw i mewn tua amser cinio. Mi fydd y tei yn syrpreis iddo fo. Roeddwn i wedi gobeithio cael cyfle i wneud rhyw ychydig o frechdanau fel y bydden ni'n gallu cael picnic ar y sgwâr – mae hi'n anghyffredin o dyner heddiw, er ei bod hi'n ddechrau mis Tachwedd. Ac mi fydden ni'n cael bwyta'n bwyd mewn heddwch yn fan'no. A gobeithio'n wir y bydd Tom yn llwyddiannus yn y cyfweliad 'ma – rydw i'n dal i deimlo, heblaw amdana i, na fydden ni mewn sefyllfa mor anodd. Ac mae 'na sôn fyth a hefyd ar y newyddion fod pethau ar i fyny, er nad oes 'na fawr o olion o hynny ffordd hyn. Ac mae hyd yn oed *meddwl* am dreulio Dolig dan yr un to â Gaynor yn ddigon i wneud i mi fod eisiau rhoi 'mhen ym mherfedd y twrci – fel y gwnaeth Mr Bean pan oedd o wedi colli'i oriawr – a dawnsio rownd y tŷ efo'r twrci ar fy mhen nes eu bod nhw'n gyrru am y bobol yn y cotiau gwyn i'm nôl i. A ble bynnag y byddai'r rheini'n mynd â fi, mi fyddwn i'n cael dipyn o lonydd.

Ar y gair – mae *hi* yn prowla i lawr grisiau – mi fedra i ei chlywed hi. Mae hi'n rhoi'r argraff ei bod hi'n gyndyn o ngadael i yn y tŷ ar fy mhen fy hun. Wn i ddim be mae hi'n feddwl rydw i am ei wneud – agor puteindy yn y parlwr? Torri fy ngarddyrnau a gwneud llanast ar ei charped Axminster *duck-egg blue*? Dwyn y llwyau te arian? Ac os a' i i lawr mi ga' i stribed o feirniadaeth wedi ei wisgo gyda haen denau iawn o neis-neisrwydd: 'Tydi hi'n ffodus bod Tom wedi cael cyfweliad gyda phwy-a-phwy – er mwyn i chi gael cychwyn eto ar ôl y busnes anffodus yna i gyd?' 'Peth-a-pheth mae Tom yn ei hoffi'n ei frechdan ers pan oedd o'n fachgen bach, wyddoch chi, Emma?'

A noson iawn o ryw efo fy ngŵr nes y byddwn i'n methu cerdded am wythnos y byddwn i'n ei hoffi, wyddost ti'r hen widdan fusneslyd, heb feddwl dy fod ti'r ochor arall i'r pared yn gwrando pob smic.

Reit – sut mae o'n mynd eto? – *Tydw* i ddim yn sdresd. Tydw *i* ddim yn sdresd. Tydw i *ddim* yn sdresd. Tydw i ddim *yn* sdresd. Tydw i ddim yn *sdresd* . . .

Dyddiadur Robat Jones

Fedra i ddim . . . ddim heddiw . . . fedra i ddim.

Shirley

Un peth oedd gwneud penderfyniad, meddyliodd Shirley dros ei phaned wedi cyrraedd y siop, peth arall oedd ei weithredu. Roedd y cwbwl mor hawdd mewn llyfrau neu ffilmiau neu raglenni teledu: roedd penderfyniad – gan amlaf un tyngedfennol – yn cael ei wneud; roedd y cymeriad oedd wedi gwneud y penderfyniad tyngedfennol hwnnw yn gweithredu; ar ôl gweiddi a sgrechian a rhefru, roedd pawb yn byw yn hapus byth wedyn; roedd pawb yn glynu at y sgript.

Ond roedd bywyd go iawn fel y profiad o ddysgu iaith newydd fel oedolyn – doedd 'na affliw o neb yn glynu at y sgript, felly y cwbwl roedd pawb yn ei wneud oedd baglu 'mlaen orau y gallent, at eu fferau mewn triog gan amlaf, yn chwifio'u breichiau'n aneffeithiol, a gwên blastig ar eu hwynebau, ac affliw o ddim syniad o'r hyn oedd yn mynd ymlaen o'u cwmpas.

Doedd rhyw feddyliau felly'n dda i ddim. Pryd fyddai'r amser gorau iddi hi fynd i weld Robat? Dyna oedd y cwestiwn. Nid a oedd hi'n mynd i ddysgu Sbaeneg neu Rwseg – roedd hi'n cael mwy na digon o drafferth meddwl sut i gyfathrebu ag o yn yr iaith roedd hi'n ei siarad rŵan. Go brin y byddai o mor brysur fel y byddai'n rhaid iddi hi wneud apwyntiad, ond

132

. . . Fedrai hi ddim mynd yn ystod y dydd, heblaw bod ganddi amser yn rhydd o'r gwaith. Byddai'n berffaith bosib trefnu hynny gydag Ann, ond doedd hi ddim yn sicr a oedd hi eisiau dweud wrth Ann ei bod yn bwriadu mynd i weld Robat ar hyn o bryd. A doedd hi ddim chwaith eisiau dweud celwydd wrth Ann a chreu rhyw stori ffug er mwyn cael amser rhydd. Gallai bicio draw i'r fflat yn ystod ei hawr ginio, ond wrth gwrs, gallai Robat fod allan bryd hynny. A phetai o i mewn, a hwythau'n dechrau sgwrsio o ddifrif, yna fe fyddai'n rhaid gadael popeth ar ei hanner a mynd yn ôl i'r siop ymhen yr awr. A phetai hi'n disgwyl nes y byddai hi wedi gorffen ei gwaith yn y siop, yna sut gyflwr fyddai ar Robat erbyn yr adeg hynny o'r dydd? A byddai galw, dyweder, ar brynhawn Sul, yn rhoi'r argraff mai rhyw ymweliad lled ffurfiol oedd o, a'i bod hi'n disgwyl paned o de mewn cwpan tsheina a Fondant Fancy Mr Kipling.

Yn y bôn, cyfaddefodd Shirley wrthi hi'i hun, gwneud esgusion oedd hi, rhoi'r ymweliad heibio heddiw, fory a thrennydd. Oherwydd bod ganddi ofn na fyddai Robat am ei gweld, oherwydd bod ganddi ofn y byddai'n feddw ac yn filain, oherwydd bod ganddi ofn gweld ei gŵr yn y fflat dilewyrch, oherwydd na wyddai hi be i'w ddweud wrtho nac ychwaith sut i'w ddweud o.

Dinesh

Roedd gen i biti drosti hi. Y hi a'i gŵr. Roedden nhw'n edrych fel 'taen nhw eisiau diflannu drwy'r llawr. Ac mi oedd y wraig oedd yn dathlu – ei fam o, rydw i'n meddwl siŵr oedd hi – yn gwneud tipyn o ffys. Ond os na gewch chi wneud ffys ar eich pen-blwydd yn hanner cant, yna pryd gewch chi?

Mae hi wedi bod yn edrych yn reit annifyr ers y noson honno yn y Bistro Bach, os ydw i'n digwydd bod yn y siop a hithau'n dod i mewn. Fe ddaeth hi i mewn gynnau bach i brynu tei. Un coch ddewisodd hi, efo streipan lwyd denau groes-gongl arno. Neis iawn, meddwn i wrthi. I'r gŵr mae o, meddai hithau, cyfweliad wythnos nesa. Pob lwc iddo, meddwn innau wrth roi'i newid iddi. Diolch, atebodd hithau efo rhyw wên fach fingam, mi fedrwn ni wneud efo tipyn bach o hwnnw. Ac i ffwrdd â hi.

Tydw i ddim yn meddwl ei bod hi'r teip fyddai'n prynu dillad mewn siop achos da heblaw bod pethau'n dynn. Nid 'mod i'n awgrymu ei bod hi'n snobyddlyd na dim byd felly – dim ond na fyddai hynny'n croesi ei meddwl fel rheol. Ond mae 'na newid amlwg wedi bod yn y math o bobol sy'n dod i'r siop yn ddiweddar. Tydw i ddim yn credu bod y dirwasgiad wedi effeithio gymaint â hynny ar y bobol sy efo digon o arian

– fyddan nhw byth yn meddwl dod yma os nad ydyn nhw am brynu cardiau Dolig neu ambell anrheg masnach deg. Y bobol sy heb fawr i'w golli yn y lle cyntaf, a'r bobol yn y canol, fel 'tae, sydd wedi dioddef waethaf. Ac o leia mae'r rhai sydd heb fawr i'w golli wedi hen arfer â'u sefyllfa – llawer ohonyn nhw'n gwsmeriaid rheolaidd yma ac yn rêl cesys, rhai ohonyn nhw. Ond mae'r bobol sy yn y canol yn ei chael hi'n anodd ymdopi – rhyw sleifio i mewn yma ac edrych o'u cwmpas i wneud yn siŵr nad oes neb yn eu gweld. A chwilio am ddillad efo labeli siopau drud arnyn nhw . . . Pawb â'i ffordd.

Roeddwn i'n medru gweld hynny ers talwm, pan oeddwn i'n helpu Dad a Mam yn y siop yn ystod gwyliau'r ysgol – rhai pobol yn gwsmeriaid rheolaidd ac yn stopio am sgwrs a rhoi'r byd yn ei le efo Dad; rhai eraill yn cerdded heibio i siop ddwy stryd i ffwrdd oedd yn cael ei chadw gan gwpwl croenwyn; ac ambell un yn dod i mewn yn llechwraidd pan nad oedd fawr o neb o gwmpas, neu pan oedd hi'n tywallt y glaw, oherwydd nad oedd ganddyn nhw amynedd mynd ddim pellach. Mi fyddai yna drafferth o bryd i'w gilydd – criwiau o blant yn dod i mewn a thrio dwyn fferins neu sigaréts, a thipyn o alw enwau. 'Pakis, go home,' oedd y ffefryn, ond ar y cyfan, doedd pethau ddim yn rhy ddrwg. Rydw i'n meddwl ei bod hi'n llawer gwaeth erbyn hyn, yn enwedig yn rhai o'r dinasoedd mawr. Ac mae'r dirwasgiad yma'n creu llawer o ddrwgdeimlad ac yn gwneud pobol yn amddiffynnol iawn o'u *patch*, ble bynnag mae hwnnw a beth bynnag ydi o. Rydw i'n falch bod Dad a Mam wedi rhoi'r gorau i'r busnes pan wnaethon nhw –

rhyw bum blynedd yn ôl. Roedd pethau wedi dechrau mynd yn dynn bryd hynny, a phrin y medrai siop bob dim fechan gystadlu efo'r archfarchnadoedd mawr. Ac roedd y ddau wedi cyrraedd oed ymddeol. Ac rydw i'n meddwl eu bod nhw wedi bod yn byw ar y stoc am tua chwe mis wedi hynny – bob math o bethau na fyddai'r ddau wedi meddwl eu bwyta heblaw bod rhaid. Mae Dad wedi gwirioni ar ffa pob ers hynny – byth heb dun neu ddau yn y cwpwrdd, a Mam yn bwyta creision halen a finegr fel 'taen nhw'n mynd allan o ffasiwn. Mi aeth popeth na allen nhw ei ddefnyddio'u hunain i ganolfan ar gyfer y digartref.

Rydw i'n cofio ein dosbarth ni'n darllen straeon Wil Cwac Cwac yn yr ysgol a finnau'n dod ar draws hanes Wil yn siop Mr Puw Siop Bob Dim. Dyma fi'n rhoi hwb i Osian, fy ffrind gorau, oedd yn eistedd wrth f'ymyl a dweud, 'Sbia, mae o fatha Dad.' 'Nacdi siŵr, y twpsyn,' meddai Osian, 'mae dy Dad di'n glên.' Rhyfedd sut mae rhai pethau yn aros ym meddwl rhywun.

Er bod Dad yn glên, a Mam wrth gwrs, rydw i'n meddwl 'mod i wedi eu siomi nhw braidd. Mae Mahit, fy mrawd, yn feddyg mewn ysbyty ym Manceinion. A byddai Dad a Mam wedi hoffi i minnau hyfforddi fel meddyg neu gyfreithiwr neu athro – rhyw swydd fyddai'n gwasanaethu'r gymuned. Ond hanes a hen bethau fu fy niddordeb i ers pan oeddwn i'n fachgen bach. 'Tae yna sêl cist car o fewn cyrraedd mi fyddwn i'n swnian a swnian ar Dad a Mam nes y byddai un ohonynt yn gadael y siop yng ngofal y llall a Mahit – byddai hwnnw'n gwrthod yn lân dod efo fi – a mynd i grwydro yng nghanol y tomenni o rwtsh roedd pobol yn ceisio cael gwared arno nes y byddwn yn canfod rhyw drysor neu'i gilydd. Roedd fy hanner i o'r llofft yn llawn trugareddau – llestri wedi tolcio a ffigyrau bychain oedd gan amlaf wedi colli braich neu goes. Mi fyddai Mam yn twt-twtian wrth geisio glanhau a'r taclau yma i gyd yn ei rhwystro, ac os byddai Mahit a finnau wedi ffraeo, yna mi fyddai o'n bygwth taflu'r cwbwl lot trwy'r ffenest nes byddwn i'n ildio.

Archaeoleg wnes i yn y brifysgol, a mwynhau bob munud o'r cwrs. Mi gefais i fynd i weithio ar brosiect yng ngwlad Tai ac roeddwn i wedi gwirioni'n llwyr wrth sylweddoli gymaint roedd rhywun yn gallu ei ddysgu dim ond drwy astudio un metr sgwâr o'r ddaear. Rydw i wedi cael rhyw ychydig o waith yma ac acw ar ôl gadael y brifysgol, ac mi gefais i gyfnod o brofiad gwaith yn y V&A yn Llundain oedd yn grêt. Heblaw am y ffaith 'mod i wedi treulio'r tri mis cyfan yn cysgu ar lawr ffrind coleg ac byw ar *daal* a bara. Roeddwn i wedi gobeithio y bydden nhw'n cynnig rhywbeth fyddai'n talu i mi yn sgil y profiad gwaith ond 'diolch a hwyl fawr' oedd hi.

Rydw i'n meddwl bod Dad a Mam yn reit hapus 'mod i'n ôl adre'n byw, ac rydw innau wrth fy modd cael cyfle i dreulio tipyn o amser efo nhw rŵan. Roedden nhw'n gweithio bob awr o'r dydd yn y siop pan oedd Mahit a finnau'n blant, dim ond er mwyn rhoi'r gorau i ni'n dau. Ond rydw i'n teimlo'n euog hefyd 'mod i'n ôl a hwythau wedi ymddeol ac yn haeddu tipyn bach o heddwch, er 'mod i'n gwneud hynny medra i i'w helpu. Mae Alun, sy'n gweithio efo fi yn y siop ac yn y Bistro Bach, yn teimlo yr un fath am ei fod o wedi dod yn ôl i fyw efo'i rieni yntau. Mi fuon ni wrthi'n gwneud syms un noson, pan oedd hi'n ddistaw yn y Bistro, i weld a fydden ni'n gallu fforddio rhentu rhywle rhyngom. Ond prin rydan ni'n ennill digon i dalu rhent, heb sôn am dalu biliau a byw a'r ddau ohonon ddim ond yn gweithio rhan amser a'r cyflog yn isel. Rydw i'n gobeithio y bydd y Bistro'n dal ei dir yn ystod yr wythnosau nesa 'ma, nes bydd y partïon Dolig yn dechrau, fel bod Alun a minnau'n cael ein cadw ymlaen yno, neu mi fyddwn ni'n dau fwy byth ar ofyn ein rhieini.

Hen dro fod pethau wedi mynd yn chwithig rhwng Alun a'i gariad – mae o'n hogyn clên, er ei fod o'n gallu bod yn fyr ei amynedd weithiau – ond tydan ni i gyd erbyn meddwl. Mi fydda i wrth fy modd yn edrych ar ei wyneb o os bydd yna gwsmer anodd yn ei fwydro yn y siop neu yn y Bistro. Mi fydd yr olwg ar ei wyneb o'n werth ei gweld – sôn am edrychiad sy'n adrodd cyfrolau. Mi fedra i weld y byddai'n gwneud actor gwerth chweil. Ac mae ei stumiau'n rhoi esgus da i mi dros dynnu ei goes wedyn.

Mae gan Mahit gariad – Anna ydi'i henw hi. Mae hithau'n feddyg hefyd. Rydw i'n meddwl eu bod nhw'n byw efo'i gilydd, fwy neu lai. Tydi o heb ddod â hi adre i gyfarfod Dad a Mam eto. Mae o'n poeni sut y byddan nhw'n ymateb. Rydw i'n meddwl y bydd popeth yn iawn – wedi'r cwbwl, maen nhw wedi treulio'r rhan fwya o'u hoes yma ac yn cymryd pawb fel ag y maen nhw. A dweud y gwir, dwi'n meddwl y byddan nhw wedi gwirioni efo Anna ac yn falch fod gan un o'u meibion, o leia, gariad. Roedd Dad a Mam wedi bod yma ers sbel cyn i Mahit a minnau gael ein geni ac wedi dod i arfer efo bob math o bobol drwy gadw'r siop gyhyd. Mi fedra i ddeall pam fyddai Mahit yn credu ella y bydden nhw'n teimlo'n hapusach 'tae o wedi cyfarfod rhywun mwy tebyg i ni. Tydi arferion pobol mor wahanol a gwahaniaethau bach yn gallu troi'n broblemau mawr pan mae pawb dan bwysau o hyd? Ond mi fydd Anna'n cael croeso heb ei ail ganddyn nhw. A rhywbeth gwell na chreision halen a finegr a ffa pob! Hen lanc fydda i rydw i'n meddwl – tydw i'n cael fawr o hwyl ar y busnes canlyn 'ma. Rhy neis ydw i, meddai Alun, sut bynnag mae rhywun yn gallu bod yn rhy neis, wn i ddim. A phan ydw i'n dweud wrth Alun 'mod i am fod yn hen lanc mae o'n chwerthin am fy mhen i, ac yna mi fydda innau'n dweud y bydda i'n gwneud yn siŵr 'mod i'n cael stafell i ddau pan fydda i'n ddigon hen i fynd i fyw i gartref henoed er mwyn cadw lle iddo yntau. Ac mi gawn ni fyw yno fel 'tae'r ddau ohonom yn un o'r rhaglenni *Last of the Summer Wine* fyddai Dad a Mam yn mwynhau'u gwylio – mi ga i fod yr un gwirion ac mi geith Alun fod yr un blin.

Ond mae'r dyddiau hynny'n bell i ffwrdd i Alun a finnau – mae'r presennol yn ddigon o her ar hyn o bryd. Ond mae gen i ddigon i ddiolch amdano hefyd. Ac er mai'r *designer rail* ydi blas y mis yn y siop ar hyn o bryd, o leia rydw i'n cael cyfle i ddelio efo rhywfaint o hen drugareddau yno fel nad ydi 'ngradd i'n mynd i wast yn gyfan gwbwl.

Dyddlyfr Robat Jones

Roeddwn i wedi bwriadu egluro sut mae pethau wedi bod, pa mor giami rydw i wedi bod yn teimlo. Ond haws peidio, cymryd arnaf na fues i trwy'r sbel ddiawledig 'na, gwadu'r ysfa pen-yn-popdy . . . pan mae'r pwl yn dod, mi fyddai'n waeth i mi drio stwffio parasiwt i mewn i ecob na thrio'i stopio fo. A tydw i ddim am demtio ffawd a dangos y golau gwyrdd i'r bwystfilod diawl eto. Ac i be yr awn i i sôn am y peth, taswn i eisiau gwneud hynny fwya 'rioed? Pwy fyddai eisiau clywed? Tydi pobol ddim yn gwybod be i ddweud wrthach chi os ydach chi'n dweud eich bod yn diodda o'r felan – tasa gen i fandej mawr gwaedlyd am 'y mhen, mi fydden nhw'n llawn cydymdeimlad. Ond fedran nhw ddim delio efo'r cysyniad o friw ar y tu mewn. Un ai maen nhw'n troi'r stori fel tasach chi newydd gyfadda eich bod yn hambygio plant bach diniwad bob cyfle gewch chi, neu mi fedrwch chi weld y feirniadaeth 'gwendid cynhenid' ar eu hwynebau nhw. Fatha'r blydi doctor 'na.

Tydi hwn ddim yn ddarganfyddiad chwyldroadol o bell ffordd chwaith, ond rydw i wedi sylwi nad oes 'na neb byth yn mynd i'r lle chwech mewn llyfrau. Ac anamal iawn y bydd neb yn mynd i'r lle chwech ar y teledu chwaith. Mae gen i *portable* bach yn yr hofal 'ma – mae o'n helpu i basio'r amsar er mai'r sgrwtch mwya dychrynllyd sy arna fo gan mwya. Heblaw, a hon ydi'r clinshar, bod cymeriadau yn mynd i'r lle chwech efo rhyw bwrpas amgenach na'r cyffredin – i gael smôc neu gymryd cyffuriau, neu oherwydd eu bod yn ceisio darganfod a ydyn nhw'n disgwyl, neu eu bod yn amau eu bod yn colli babi. A chwarae plant melodramatig llwyr ydi'r ffordd mae hynny'n cael ei bortreadu gan amla, o'i gymharu â'r profiad go iawn, chwedl Helena, coeliwch chi fi. Rheswm arall posib ydi oherwydd mai'r tŷ bach ydi'r unig le ble mae'n bosib i ryw gymeriad truan neu'i gilydd gael Llonydd i Feddwl. Sy'n beth peryg. Ac rydw i'n siarad o brofiad.

Fyddai 'na neb yn ei iawn bwyll eisiau loetran yn y lle chwech yn fama – mi fyddai unrhyw lygoden fawr o berfeddion system garffosiaeth Llundain fyddai'n mentro yma ar ei gwyliau yn troi ar ei chynffon a sgrialu am adra heb drafferthu dadbacio hyd yn oed, yr eiliad y byddai hi'n gweld y lle.

Mi fydda i'n medru clywed pawb sy'n ymweld â'r gachfa wrth iddyn nhw fynd heibio 'nrws i. Erbyn hyn, gwaetha'r modd, mi ydw i'n nabod cerddediad pawb yn y lle 'ma. Pan ddes i yma gynta, roedd clywed pobol yn mynd 'nôl a mlaen yn fy styrbio i, yn enwedig yn ystod y nos ac os nad oeddwn i wedi cael digon o anasthetig o'r math hylifol. Roeddwn i wedi arfar clywed Shirley'n symud o gwmpas y tŷ, ac wedi arfar â'r distawrwydd cyfforddus fyddai rhyngon ni gyda'r nos pan fydden ni'n dau'n darllen neu'n synfyfyrio. A phrin y byddwn i'n sylwi ar y cloc yn tician yn ystod y nos, neu'r gwres canolog yn grwnian neu gar yn pasio yn ben lôn. Ond yn fama roedd y synau i gyd yn ddiarth, fel maen nhw pan mae rhywun yn mynd ar ei wyliau. Ond doeddwn i ddim ar fy ngwyliau ac yn gallu trafod y synau diarth efo Shirley yn y bore a dyfalu be oedd y glec glywson ni – y dyn boldew yn y stafall drws nesa wedi syrthio allan o'i wely, neu'r cwpwl yn y stafall drws nesa ochor arall yn gwneud mistimanars. Roedd clywed pobol yn crwydro yn ôl a 'mlaen yn ystod y nos yn codi croen gŵydd arna i yn fama – a chan fod pawb, wel, bron pawb, yn trio mynd am y gachfa mor ddistaw â phosib, roedd hynny'n gwneud pethau'n waeth rywsut. Gwneud iddyn nhw swnio'n llechwraidd. A phwy fyddai'n bod yn llechwraidd? Y *mad axeman*, wrth gwrs. Neu rhyw gawr mawr blewog gwyr-droëdig fyddai'n dod trwy'r drws fel cyllell trwy fenyn ac yn fy rheibio i. Er, byddai'n rhaid iddo fod yn gawr mawr blewog desbret, os nad dall hefyd, i'm rheibio i. Ond pawb â'i ffansi, debyg. 'Until the small hours of the morning began to grow large', chwedl Mr Utterson, tra oedd y cradur hwnnw'n methu cysgu winc wrth drio datrys dirgelwch Jekyll a Hyde. Mi ddwedais i 'mod i wedi bod yn darllen dipyn yn ddiweddar 'ma. Ella 'mod i'n ddi-waith ac yn ddilewyrch, heb sôn am fod yn drybeilig o ddigalon, ond rydw i'n ddarllengar ar y diawl.

Rydw i wedi mwynhau darllen ers pan oeddwn i'n hogyn bach. Unwaith wnes i ddysgu darllen a darganfod yr holl fydoedd y gallai rhywun ddianc iddyn nhw rhwng cloriau llyfr, byddai cuddio dan y dillad gwely efo llyfr a thortsh yn ddihangfa oddi wrth yr awyrgylch trymaidd fyddai yn y tŷ. A chael ymaelodi â'r llyfrgell – roeddwn i'n methu credu'r hyn welais i pan es i yno gynta. Yr holl lyfrau 'na'n disgwyl amdana i a Mrs Pritchard yn stampio fy newis i a chadw'r cardiau hirsgwar mewn cas bach nes y byddwn i'n dod â'r llyfrau'n eu holau i'w ffeirio am rai eraill. Mae'r llyfrgell wedi bod yn hafan i mi'n ddiweddar 'ma – wn i ddim sut y byddwn i wedi treulio f'amsar heblaw am y lle. I'r llyfrgell a chybydd-dod staff y twll tin byd mae'r diolch bod gen i ryw gymaint o iau yn weddill. Er, tydi'r llyfrgell ddim yr un fath ag y byddai hi ers talwm – popeth yn olau a newydd a lliwgar, ac mae'r cyfrifiaduron bondigrybwyll wedi cyrraedd fan'no hefyd erbyn hyn. Ond mae'r llyfrau yr un fath, a'r un ogla arnyn nhw – rhyw gymysgedd o lwch a chwys, ac ambell un ag ogla tybaco neu sent y darllenydd cynt arno. Heblaw pan fydda i'n benthyca llyfr newydd sydd heb gael ei ddarllen gan neb arall – ogla papur newydd sbon fydd ar hwnnw, a'r meingefn yn clecian ei addewid wrth i mi ei agor oherwydd nad oes neb yn y byd wedi agor y llyfr hwnnw o 'mlaen i. Choelia i fyth, mi ddaeth rhyw awen heibio i mi yn fa'na wrth ddisgrifio'r profiad o agor llyfr newydd sbon – ddylwn i basio'r negas 'mlaen i Philippa-galwch-fi'n-Phil? – rhed ar ei hôl hi, Philippa fach, tân dani i geisio dal yr awen, neu mi fydd hi wedi'i miglo hi i Lundain efo dy *aura* yn ei blwmyr i hudo'r sgowt 'na sy efo cytundeb a llond pocedi o bres, a d'adael di yma'n hesb ar drugaredd Helena. Neu ella fod 'na obaith i mi ennill fy lle ymysg mawrion y genedl wedi'r cwbwl – 'Mae gen i dipyn o hofal bach hyll, o hofal bach hyll, o hofal bach hyll; mae gen i dipyn o hofal bach hyll, sy'n gwynto'n ffiaidd bob bore.' A gobeithio'ch bod chi wedi sylwi 'mod i wedi llwyddo i gynnwys tafodiaith y gogledd a'r de yn y campwaith 'ma – trio plesio pawb – beryg mai dyna ydi un o 'ngwendidau penna i wedi bod 'rioed. Tydach chi ddim yn meddwl y bydd hi'n plesio? Wel, twll eich tinau chi i gyd felly.

Yn ôl at y llyfrau – tydi'r rheini, o leia, ddim yn fy meirniadu i'n hallt. Mi fydda i wrth fy modd efo siopau llyfrau ail law hefyd – er mai prin y medra i fforddio mynd i'r rheini fel ag y mae pethau. Mi fyddwn i'n picio mewn at Shirley weithiau, pan oedd hi newydd ddechrau gweithio yn y siop a minnau wedi blino tin-droi o gwmpas y tŷ, a threulio rhyw awr yn pori trwy'r llyfrau. Ond rydw i'n meddwl ei bod hi'n teimlo'n annifyr ynglŷn â hynny, a hithau 'mond newydd ddechrau gweithio yno. Mi fyddwn i'n dod ar draws amball lyfr fyddai'n amlwg wedi cael ei roi'n anrheg – y tu mewn mi fyddai yna gyfarchiad fel 'I Iolo, Dolig Llawen 2011, Gwen xxx'. A byddai hynny'n gwneud i mi deimlo'n drist, y ffaith bod Gwen druan wedi mynd i'r draffarth i ddewis y llyfr arbennig hwnnw i'r anniolchgar Iolo, a hwnnw wedyn wedi cael gwarad arno fo mor handi. Am be sgwn i? Y llyfr ddim at ei ddant? Ynteu Gwen druan oedd ddim at ei ddant bellach? Ac oedd hi'n well allan heb yr anniolchgar Iolo? Ynteu oedd hithau hefyd yn torri'i chalon mewn hofal bach dilewyrch? Fel y dwedais i, Llonydd i Feddwl – peth peryg ar y naw.

Rydw i'n cofio Shirley'n prynu siwmper golff i mi'n anrheg

un tro – doedden ni ond newydd ddechrau canlyn ar y pryd. Roedd hi'n meddwl y byddai'r siwmper yn fy nghadw'n gynnes a minnau'n treulio gymaint o amser yn crwydro ar drywydd rhyw stori neu'i gilydd. Diemwntiau gwyrdd a brown a phinc – ia, pinc – oedd ar y siwmper. Mi wnes i ei gwisgo hi – ond roeddwn i'n dewis fy nyddiau'n ofalus. Fyddwn i ond yn ei gwisgo pan fyddai'r tymheredd ymhell dan y rhewbwynt a dim peryg yn y byd y byddai gofyn i mi dynnu 'nghôt o gwbwl yn ystod y dydd. Mae hi'n dal gen i – y siwmper (tydw i ddim mor siŵr am Shirley) – yn y wardrob yn y tŷ, y tŷ roeddwn i'n arfar ei alw'n adra. Fedrwn i ddim meddwl cael gwarad arni, er bod gen i gywilydd ei gwisgo ar y pryd, sy'n codi hyd yn oed mwy fyth o gywilydd arna i rŵan. Mi fyddwn i wrth fy modd cael gafael ar y siwmper y munud yma a'i snwyro, yn gwybod bod ogla sent Shirley ac ogla glân tŷ ni wedi treiddio iddi hi. Ac mi fyddwn i'n ei gwisgo rŵan hyn – gyda balchder a heb drafferthu i'w chuddio dan fy nghôt – a smalio 'mod i'n ôl adra.

A thra ydw i'n sôn am ogla, ond ogla annymunol ar y diawl hefyd, fel y dwedais i, mi fedra i glywed pawb yn mynd heibio i'r gachfa drwy'r dydd a chefn drymedd nos ac rydw i'n adnabod cerddediad fy nghymdogion i gyd. I wneud pethau'n waeth, rydw innau'n moeli 'nghlustiau bob tro y bydd rhywun yn mynd heibio nos a dydd rhag ofn mai cerddediad Shirley fydda i'n ei glywed. Yn hytrach na Doc Martins y ferch ym mhen arall y coridor, neu sgidiau gwaith y dyn sy'n byw i fyny'r grisiau neu sodlau pinnau ei bartnar. Ond pam yn y byd mawr fyddai Shirley eisiau dod i'r gachfa anghynnas yma am bedwar o'r gloch y bore yn hytrach na defnyddio'r stafell molchi dwt a theidi sydd ganddon ni adra – tydw i ddim yn siŵr a fedra i alw adra yn adra erbyn hyn – wn i ddim.

Ann

'A ble roedd y bag ganddoch chi, Mrs Bowen?'

'Tu ôl i'r cowntar, ar y stôl. Roeddan ni wedi cyfri'r arian a phopeth, a fwy neu lai yn barod i adael.'

'Ond roedd un cwsmer dal yn y siop, meddach chi?'

'Oedd, gŵr gweddol ifanc, efo cap fel fydd gan y dynion ifanc 'ma, felly welson ni mo'i wynab o'n iawn. Ond doedd o'n gwneud dim o'i le – 'mond ei fod o'n dili-dalio braidd a ninna isio mynd adra, 'te Shirley?'

'Ia, pori ymysg y llyfrau oedd o, neu dyna oeddan ni'n feddwl, beth bynnag. Mae'n amlwg erbyn hyn mai aros ei gyfla oedd o.'

'M-m-m. Deudwch wrtha i eto rŵan, Mrs Bowen, be ddigwyddodd nesa.'

'Wel, mi ddigwyddodd 'na ryw stŵr y tu allan. Cwpwl o fechgyn yn eu harddegau yn dechra harthio ar ei gilydd a sgwario a bygwth y naill a'r llall. Mi aeth Shirley a finna'n nes at y ffenast wedi clywed y twrw, a'r peth nesa roedd y gŵr ifanc yn deud 'Diolch' ac yn mynd allan trwy'r drws. Pan es i i estyn fy mag, roedd o wedi mynd.'

'Ond nid dyna ble byddech yn cadw'ch bag gydol y dydd?'

'Naci siŵr, mae ganddon ni loceri ar gyfer y staff a'n gwirfoddolwyr yn y cefn. Ond fel deudodd Ann – Mrs Bowen – roeddan ni'n barod i gloi a mynd adra.'

'Diolch Mrs Jones. Doeddwn i ddim yn awgrymu eich bod yn esgeulus, 'mond mater o gael y ffeithiau'n glir . . . Wel, Mrs Bowen, tydw i ddim eisiau'ch digalonni ymhellach, ond tydw i ddim am godi'ch gobeithion chi chwaith. Mi wnawn ni bopeth medrwn ni ond mae pethau fel hyn yn digwydd bob dydd. Oedd gennych chi unrhyw beth o werth yn eich bag?'

'Dim byd o werth mawr. Tipyn o arian parod, cardyn banc, wrth gwrs, a'r trugareddau arferol mae rhywun yn eu cadw'n ei bag. Lwcus 'mod i wedi rhoi 'mhres bỳs a 'ngoriad ym mhocad fy nghôt yn barod.'

'Canslwch y cardyn cyn gynted â phosib, Mrs Bowen. Mi fydda i mewn cysylltiad ymhen ychydig ddyddiau er mwyn cymryd datganiad swyddogol gan y ddwy ohonoch. A cymrwch ofal rŵan.'

'Diolch.'

'Petha fel hyn yn digwydd bob dydd, wir. Beryg nad ydyn nhw hyd yn oed yn cynnwys petha fel hyn yn eu hystadegau er mwyn gwneud iddyn nhw'u hunain edrach yn well. A mwya'n byd o reswm i blismyn fatha hwnna godi oddi ar eu penolau y tu ôl i'w desgiau a chael eu gweld ar y stryd 'ma. '

'Fel'na mae hi dyddia 'ma, Shirley, does 'na ddim pwynt corddi. A diolch i ti am aros efo fi. Gobeithio na chei di strach cael bỳs rŵan.'

'Bỳs? Naw wfft i'r bỳs. Rydan ni'n cael tacsi heno. Dwyt ti ddim yn meddwl 'mod i'n mynd i adael i ti fynd adra ar dy ben dy hun ar ôl profiad fel'na gobeithio. Rwyt ti'n dod adra efo fi. Mi wna i damaid o swpar i ni tra wyt ti'n ffonio'r banc i ganslo dy gardyn a delio efo unrhyw beth arall rwyt ti angan ei wneud. A dim dadlau!'

Y cardyn banc newydd! Diolch am hynny! Nid nad oes gen i ddima i'm henw, ond mi oeddwn i'n dechrau mynd y brin o arian parod. Ac mi aeth y cwbwl lot yn drech na fi pan alwish i yn y banc ddoe. Rydw i'n deall bod yn rhaid i'r staff yno fod yn ofalus nad ydyn nhw'n rhoi arian i rywun-rywun, ond rydw i'n gwsmer yno ers blynyddoedd, ac mi ges i fy nhrin fel petaswn i'n trio eu twyllo o bob dimau goch yn eu seler sylltau. A'r pen bandits yn cael cildyrnau anferthol am golli miliynau. Fel'na mae hi, dyddia yma, un rheol iddyn nhw ac un arall i'r gweddill ohonon ni – i'r pant y rhed y dŵr. Rhoi rhywbeth i ni gael cwyno ynglŷn ag o debyg. Yn hytrach na'r tywydd. A doeddwn i ddim eisiau gofyn i neb am fenthyg pres, neu mi fyddwn i'n teimlo fel lemon! Yn enwedig Shirley, a hithau wedi bod mor glên ar y pryd ac ers hynny. Ac mae hi wedi holi sawl gwaith ydw i'n iawn am arian nes bydd popeth wedi'i sortio. Rydw i'n falch bod hwn wedi cyrraedd – mi ga i fynd i'r twll yn y wal nes 'mlaen. Be arall sy 'ma? Dim byd arall o bwys – dim ond y sgrwtsh arferol. A llythyr gan y banc yn hwrjo benthyciad arna i ar delerau ffafriol iawn! Be nesa!

Mi fuodd pawb mor garedig ar ôl yr helynt. Roeddwn i'n

teimlo'n hollol wirion, a finna wedi rhybuddio staff y siop dros y blynyddoedd – yn weithwyr cyflogedig ac yn staff gwirfoddol – ugeiniau o weithiau i beidio gadael dim byd gwerthfawr yn y golwg, am roi bagiau llaw a ffonau a phopeth arall dan glo yn y loceri. Chwarae teg i Shirley am fynd â fi adra efo hi a gwneud swper i mi a mynnu talu am dacsi adra imi wedyn. Petai Shirley wedi cael gafael ar y cenau bach gymrodd fy mag mi fydda hi wedi'i leinio fo, rydw i'n meddwl – roeddwn i'n rhyw hanner ofni'i bod hi'n mynd i roi clustan i'r plismon tew hunangyfiawn 'na ddaeth i'r siop, fo a'i ystrydebau rif y gwlith. Ac mi ddaeth Alun â *triple-choc muffin* i mi i'w chael efo 'mhaned, a rhoddodd Dinesh *Busy Lizzie* pinc mewn potyn i mi i godi 'nghalon. Clên ydi'r hogia ifanc 'ma, er nad ydi petha'n hawdd iddyn nhw dyddia 'ma.

Ac mi fedra i orffan fy siopa Dolig rŵan. Nid fod gen i fawr i'w brynu, ond fydda i ddim yn lecio gadael pethau tan ben set pan fydd y siopau fel un sgrym rygbi mawr chwyslyd. Ers colli Dan a Mam mor agos at ei gilydd, dim ond prynu ar gyfer rhyw ddyrnaid o ffrindiau fydda i rŵan. A gyrru cardiau i bobol na fydda i'n eu gweld o un pen blwyddyn i'r nesa, fel pawb arall, debyg. Bob blwyddyn mi fydda i'n llawn bwriadu sgwennu llythyr i'w gynnwys yn y cerdyn, yn holi am y teulu a'u hiechyd ac yn y blaen. Weithiau fe fydda i'n llwyddo efo un neu ddau, ond gan amlaf mi fydd hi'n mynd yn rhy hwyr ac yn rhy brysur, a chwbwl fyddan nhw'n gael ydi nodyn brysiog ar waelod y cerdyn, 'Gobeithio bod pawb yn iawn acw'. A nhwytha'n gwneud union 'run fath, yn ôl tystiolaeth y cardiau fydda inna'n eu derbyn yn ôl. A pheth peryg ydi holi gormod, beth bynnag – pwy a ŵyr faint o bobol fydd wedi colli anwyliaid yn ystod y flwyddyn, neu faint o briodasau fydd wedi chwalu, neu rieni wedi ffraeo efo'u plant? Mi fydda i'n synnu'n reit aml, pan fydda i'n gweld ffrind fydda i heb ei gweld ers tro, neu'n amlach, ffrind i ffrind fydda i heb ei gweld ers tro, bywydau mor llawn cythrwfl mae rhai pobol yn eu byw – rhyw faglu o un creisis i'r nesa yn barhaus, fel petaen nhw'n cystadlu am wobr mewn cylchgrawn sgandal a sglein papur dydd Sul. Gwneud i mi deimlo 'mod i wedi byw bywyd anniddorol iawn.

Yn yr ysgol gynradd ges i fy *fifteen minutes of fame*, chwedl . . . chwedl pwy? . . . Andy Warhol rydw i'n meddwl. Ia, fi oedd y dylwythen deg – neu'r Brif Dylwythen Deg, fel y mynnish i ddweud wrth bawb ar y pryd – yn sioe Nadolig Ysgol y Plas. Gan 'mod i a Dan yn yr ysgol efo'n gilydd, mi fyddai o'n tynnu 'nghoes i am y peth bob blwyddyn tra buodd o, Dan druan. Mi fydda hi'n braf iawn cael bod yn dylwythen deg rŵan, a datrys problemau pawb sy wedi bod mor glên efo fi dros yr wythnos ddiwethaf. Mi fyddwn i wrth fy modd gweld Shirley'n hapus eto – rydw i'n poeni amdani hi, ond tydw i ddim eisiau iddi hi feddwl 'mod i'n rêl busnas pawb a holi gormod chwaith – ac mi fyddwn i wrth fy modd clywed bod Alun a Dinesh a gweddill y to ifanc sy'n rhoi eu hamser mor ddi-gŵyn yn y siop wedi cael swyddi gwerth chweil ac yn medru gwneud yn fawr o'u gallu. A gwraig Griff, sydd, medda fo, wedi hyfforddi fel nyrs ac yn methau'n glir â chael gwaith nyrsio. Heb sôn am rai o'r cwsmeriaid sy'n ei chael hi'n wirioneddol anodd cadw deupen llinyn ynghyd fel ag y mae pethau dyddia 'ma. Er gwaetha'r gwleidyddion celwyddog 'ma sy'n ein sicrhau bod popeth ar i fyny tra maen nhw'n gwenu'n ffals nes bod eu hwynebau bron â hollti.

Ond mae angen tipyn mwy na ffon hud wedi ei gwneud o ddarn o bren a thinsel wedi'i ludo arno fel yr un oedd gen i yn yr ysgol ers talwm i wella sefyllfa llawer iawn o bobol ar hyn o bryd, tipyn mwy na 'Abracadabra – un, dau, tri'. O leia wedi cael y cardyn newydd 'ma mi fedra i gael gafael ar f'arian a mynd i brynu bocs mawr o fisgedi siocled i'w rhannu dros baned yn y siop rŵan. Jyst i ddiolch i bawb am fod mor glên.

Shirley

Roedd y ffaith bod rhywun wedi bod mor bowld â dwyn bag aelod o staff siop achos da wedi cynddeiriogi Shirley. Petai hi wedi cael gafael ar y dihiryn, mi fyddai hi wedi ei grogi yn y fan a'r lle. Roedd dwyn bag rhywun yn ddigon drwg; roedd dwyn bag rhywun oedd yn gweithio mewn siop oedd yn trio lleddfu dipyn ar fywydau pobol llai ffodus yn anfaddeuol; roedd dwyn bag Ann, nad oedd ganddi air drwg i'w ddweud am neb, ac a fyddai'n mynd allan o'i ffordd i helpu unrhyw un, yn . . . yn gythreulig . . . yn ddiawledig o ddrwg. Ac yn waeth na hynny hefyd. Ac er mai Ann oedd yr un dawel ar y pryd, tra oedd Shirley nid yn unig eisiau crogi'r dihiryn, ond yn ysu am roi ei phenglin yng ngheilliau'r plismon boliog, nawddoglyd, hunanfodlon a lusgodd ei hun o glydwch ei swyddfa i'r siop wedi i Shirley ffonio swyddfa'r heddlu, fe wyddai fod y digwyddiad wedi rhoi 'sgytwad i'w ffrind. Lwcus ei bod hi yno, wir, neu petai Ann yn digwydd bod yn cloi i fyny ar ei phen ei hun, yna mi fyddai hi wedi wynebu noson hyd yn oed fwy annifyr.

Roedd hi'n ymwybodol bod o leiaf ran o'i dig eithafol yn wyneb yr hyn ddigwyddodd i Ann yn deillio o'i rhwystredigaeth ynglŷn â'r sefyllfa efo Robat. A'i bod hi'n barod i dywallt ei llid ar y targedau agosaf, yn yr achos hwn y lleidr dan din a'r heddwas blonegog. Ac er bod y ddau yn dargedau oedd yn llawn haeddu ei dicter, doedd hynny'n helpu dim arni hi yn y bôn. Yn hytrach na'i bod hi'n cydio yn y danadl a gweithredu yn ôl y penderfyniad roedd hi eisoes yn grediniol ei bod wedi'i wneud – nes iddi hi ddechrau hel meddyliau eto – a mynd i weld Robat cyn Dolig. A pheidio poeni petai hi'n mynd a fyddai angen geiriadur na sgript arni. Yn hytrach, ymddiried yn ffawd neu beth neu bwy bynnag i roi'r geiriau cywir yn ei cheg ar y pryd.

Roedd hi eisiau dweud yr hanes am ddwyn y bag wrth Robat, eisiau dweud wrtho pa mor annheg oedd pethau. Ac roedd hi eisiau bod yna iddo yntau eto, ac eisiau iddo fo fod yna iddi hithau, fel yr oedd hi ac Ann wedi bod yna i'w gilydd yn ddiweddar. Roedd pethau wedi mynd yn drech na hi a Robat dros y misoedd diwethaf 'ma, roedd hynny'n wir, ond roedd popeth yn edrych yn waeth fyth pan oeddech ar eich pen eich hun a chithau wedi arfer bod yn rhan o gwpwl. Yn enwedig am dri o'r gloch y bore a phawb arall yn glyd yn eu gwlâu. Siŵr fod llawer un ar ei draed yn hel meddyliau bryd hynny mewn gwirionedd, rhesymodd Shirley, ond pan oedd y bwganod a oedd yn llechu ym mhob twll a chornel yn bygwth eich meddiannu, hawdd credu mai chi, a chi yn unig, oedd ar ddi-hun. Chi a'r alsesiyn – yr un efo dannedd mwy miniog na'r rhelyw ac andros o chwant bwyd, fwy na thebyg.

Un o'r prydau 'bwydo dau am £10' yr oedd M&S mor hoff o'u hysbysebu ar y teledu. Dyna fyddai hi'n ei wneud – galw yn M&S wedi gorffen yn y siop, prynu pryd i ddau, ac yna mynd i weld Robat. A phetai o ddim yno, neu ddim yn ateb y drws, yna byddai'n stwffio'r wledd i'r bin sbwriel agosaf ac yn yfed y botel win oedd yn rhan o'r fargen ar ei phen ar ôl mynd adref.

Roedd hi wedi treulio hen ddigon o amser yn stwna a gwneud esgusion.

Dyddlyfr Robat Jones

Rydw i'n mynd i losgi'r llyfr coch 'ma. Rydw i wedi cael digon ar siarad efo fi fy hun ynddo fo. A digon ar smalio bod rhywun yn gwrando. Pwy felly? Pwy fyddai eisiau gwrando arna i'n rwdlian am fywyd dilewyrch a di-lun y tlawd hwn, chwedl Dybliw Jê. Mae gen i awydd tywallt paraffîn ar ben hwn yng nghanol llawr y stafall fach gachu 'ma a'i danio fo, a gyrru fy hun a'r lle i gyd i uffarn dân y munud yma – 'do not pass go, do not collect £200' – dim gobaith mul o hynny, beth bynnag.

Mi fyddwn i'n medru mynd i weld Shirley fy hun, debyg. Picio i'r siop, ella. Na, mi fyddai hynny'n rhy gyhoeddus o lawar. Fedrwn i ddim dal petai hi'n dweud wrtha i ble i fynd yno yng nghanol y siop. Neu mi fedrwn i fynd adra i'w gweld hi. Mynd adra i 'nhŷ fy hun – os ydi o'n dal i fod yn dŷ i fi – i weld fy ngwraig fy hun – os ydi hi'n dal i fod yn wraig i fi – fel ymwelydd. Hyd yn oed wedi gwario pedair punt prin ar bethau glanhau, mi fedrwn i strejo i fwnsh o flodau. Nid *bouquet*, ond bwnsh. Digon i guddio y tu ôl iddyn nhw ar y stepan drws. Cachwr ydw i, dyna ydi'r broblam. Bob tro rydw i'n meddwl mynd i weld Shirley ac ymddiheuro o waelod fy sanau a dweud y gwna i drio unrhyw beth – hyd yn oed mynd i weld y cwac diawl 'na eto – i'w chael hi'n ôl, rydw i'n cachu brics. Robat Jones, malwr cachu a chachwr brics.

Ac rydw i wedi cael llond bol ar ddweud wrtha fi fy hun y digwyddith rhyw wyrth, y daw pethau'n well, mai dim ond matar o drio dal fy nhir ydi hi, dal i edrych ar yr ochor orau. Fel Monty blydi Python. A pha ochor orau fyddai honno, dwedwch? Bod gen i ddyfodol disglair fel *pole dancer*? Bod gen i ddwy fodryb gefnog sydd ar fin ei phegio hi a gadael eu ffortiwn nid ansylweddol i mi? Bod pennaeth y *Times* ar fin ymddeol ac mai fi ydi'r cynta yn y ciw am y swydd honno? Dowch 'laen, siŵr y medrwch chi feddwl am fwy a gwell cynigion ar fy nghyfar i. Fi, Robat Jones, doeth, dihafal a . . . diawledig . . . diobaith, digalon a diawledig eto. Mi fyddwn i'n mynd cyn belled â dweud diawledig o ddiawledig o ddiawledig.

Ac rydw i wedi laru moeli 'nghlustiau bob tro mae 'na rywun yn mynd heibio yn y lle diawledig o ddiawledig o ddiawledig 'ma hefyd, a dal i obeithio y daw Shirley yma i'm hachub i o'r hofal bach cachu a gofyn i mi fynd adra.

Shirley

Roedd hi mor ddistaw, meddyliodd Shirley, mor ddistaw nes
y byddai modd, petai rhywun yn teimlo fel gwneud hynny,
sefyll un pen i'r stryd a saethu tuag at y pen arall heb daro neb
bore 'ma. Nid bod awydd ymarfer saethu arni hi heddiw. Yn
dra gwahanol i'w hagwedd tuag at y byd a'i frawd a'i chwaer
a'i nain a'i fam-yng-nghyfraith ychydig wythnosau yn ôl. Bryd
hynny, gwenodd wrthi hi'i hun, byddai wedi colli arni hi'i hun
dim ond i rywun sbio'n gam arni. Doedd ryfedd ei bod wedi
dal Ann a Beti'n edrych i'w chyfeiriad yn bryderus fwy nag
unwaith.

Cyrhaeddodd Shirley y siop a mynd drwy'r broses arferol
o ddatgloi'r drws, diffodd y larwm a chloi'r drws y tu ôl iddi.
Go brin y byddai 'na fawr o gwsmeriaid heddiw. Byddai llawer
o bobol yn dal yn glyd yn rhialtwch y Dolig teuluol; eraill ar
eu ffordd i ymweld â theulu neu ffrindiau; nifer sylweddol,
mae'n debyg, yn falch o gael esgus i fynd allan ac wedi heidio
am y sêls yn y siopau mawrion; a pŵr dabs fel Ann a hithau ill
dwy yn gorfod dod mewn i'r siop oherwydd nad oedd modd
disgwyl i'r un o'r gwirfoddolwyr ddod i mewn mor gynnar ar
ôl y Dolig.

Ta waeth am hynny, roedd pethau wedi mynd yn well na'r

disgwyl dros yr ŵyl: nid yn wych, nid yn berffaith o bell ffordd, ond yn iawn, yn ocê. A dyna'r cwbl roedd hi a Robat wedi anelu tuag ato am eleni – nid 'A*', nid 'siomedig – medr wneud yn well', ond iawn, boddhaol, di-dda di-ddrwg. Roedd yna ryw gymaint o chwithdod rhyngddynt wedi i Robat symud yn ôl adref – roedd hynny'n anochel. Rhyw ychydig o gerdded ar wyau ac osgoi siarad am bethau. Robat wnaeth y cinio Dolig – wedi prysurdeb y siop yn y cyfnod cyn y Dolig a straen y misoedd diwethaf doedd Shirley ei hun prin yn malio a fydden nhw'n cael cinio Dolig neu ddim, pa mor falch bynnag oedd hi o gael Robat yn ôl adref. Roedd y straen wedi dweud arno yntau hefyd, ac roedd o wedi colli rhywfaint o bwysau ym meddwl Shirley. Ond fe ddarparodd ginio Dolig gwerth chweil i'r ddau ohonynt cyn iddyn nhw syrthio i gysgu ar y soffa o flaen rhyw ffilm – dyn a ŵyr, fyddai Shirley ddim yn medru dweud wrth neb beth oedd y ffilm petaen nhw'n cynnig mil o bunnau iddi hi.

Gwawriodd Gŵyl San Steffan yn oer ond yn braf a phenderfynodd y ddau fynd am dro i Ddinas Dinlle. Yno, dros goffi mewn fflasg a'r frechdan dwrci anorfod, ac yn ddigon pell oddi wrth bawb a phopeth, llwyddodd y ddau i dywallt eu boliau heb i bethau fynd yn flêr, heb i siarad droi'n ffrae, heb i ymdrechion i fynegi pryderon a datrys problemau droi'n gyhuddiadau milain.

Roedd Shirley'n ddigon call i sylweddoli nad oedd pethau'n mynd i fod yn rhwydd, er ei bod hi a Robat wedi cael dweud eu dweud, ac y byddai'r flwyddyn newydd ymhen yr wythnos yn gyfnod symbolaidd i roi'r gorffennol heibio a cheisio symud ymlaen. Wedi'r cwbwl, roedd y sefyllfa'n dal yn ddigon bregus – Robat heb waith a misoedd llwm, llwyd Ionawr a Chwefror o'u blaenau. Roedd hi hefyd yn sylweddoli mai hyn a hyn y gallai hi'i wneud. Fel ei nain, yr hyn y medrai hi'i wneud, mi fyddai hi'n ei wneud. Ond nid ei dyletswydd na'i chyfrifoldeb hi oedd cael gwaith i Robat. Ac roedd yn hurt credu bod ganddi'r gallu i wneud hynny. Nac yn wir y gallu i wneud popeth yn iawn rhyngddo fo a hi fel petai hi'n gonsuriwr mewn rhyw bantomeim oedd yn gallu chwifio'i ffon hud a chwipio cwningen allan o het, cwningen oedd yn digwydd bod yn berchennog y *Bunny Times* ac a oedd yn chwilio am olygydd i'r cyfnodolyn hynod hwnnw. Heb sôn am deimlo y dylai hi fedru sicrhau bod pawb yn byw'n hapus byth wedyn, gan gynnwys yr alsesiyn. Ond nid o dan yr un to â perchennog y *Bunny Times*, debyg.

Clywodd Shirley gnoc ar y drws – twt lol, doedd hi wedi gwneud dim ond malu awyr efo hi'i hun a rŵan roedd Ann wedi cyrraedd. A doedd Shirley heb roi arian yn y til nac ychwaith, ac yn fwy pwysig, wedi rhoi'r tecell ymlaen.

'. . . ac fel bob blwyddyn arall, mae o wedi mynd cyn i ni droi rownd ar ôl yr holl ffys a ffwdan.'

'Mi fydda 'na groeso i ti acw, mi wyddost ti hynny, rhag i ti fod ar ben dy hun.'

'Wn i siŵr, ac rydw i'n gwerthfawrogi hynny, Shirley. Ond rydw i wedi arfer treulio'r diwrnod fy hun, ac wedi dod i ryw arfer o gael plesio fy hun. Wyddost ti be ges i i ginio Dolig?'

'Na wn i – be?'

'*Macaroni cheese*, ac roeddwn i wedi'i daro dan y gril nes bod y caws wedi crasu fel crwst. A gan ei bod hi'n Ddolig, mi wnes i wfftio'r salad hefyd.'

'Wel, rwyt i wedi'i gwneud hi rŵan. Gwell i Robat fihafio, neu mi fydda i acw Dolig nesa am ginio.'

'Sut aeth petha acw?'

'Ddim yn ddrwg, Ann, diolch. Ddim yn ddrwg o gwbwl. Yli, mi wna i banad – mae'r tecell ar fin berwi – ac mi gei di hynny o hanes sy 'na. Go brin y cawn ni fawr o gwsmeriaid heddiw.'

Robat

Mi wnes i ei losgi o – y llyfr coch, nid yr hofal, er taswn i wedi cael fy ffordd fy hun . . .

Tydw i ddim eisiau dim byd mor amlwg i'm hatgoffa o'r misoedd dwetha 'ma – mae'n ddigon eu bod wedi digwydd o gwbwl, ac rydw i'n mynd i fod yn cario mwy na digon o gywilydd ac euogrwydd yn fy mhen, lle fedra i ddim cael gwarad arno fo mor handi.

Ond rydw i wedi dal 'ngafael yn Hefo a Heb – roeddwn i wedi dechrau cymryd at y ddau, ac ella fod yna ddyfodol i mi fel awdur abswrd ôl-fodernaidd dadadeiladol ôl-eironig iaith y nefoedd wedi'r cwbwl. Mae pethau rhyfeddach wedi digwydd – fel Shirley'n gofyn i mi ddod adra – a does gen i ddiawl o ddim arall ar y gorwel o safbwynt gwaith.

Tydw i ddim yn gwybod sut aeth pethau ar i lawr gymaint. Wel, ydw, rydw i yn gwybod, jyst nad ydi rhywun yn gwybod yn yr un ffordd pan fydd o neu hi yn ei chanol hi. Ac rydan ni i gyd fel pobol wedi'n cyflyru i droi at yr atab hawsa, mwya hwylus, agosa at law, *the path of least resistance*. Sydd, o'm profiad i – profiad eang, yn anffodus – yn golygu: a) troi at unrhyw beth sy'n mynd i ddylu'r boen – yn f'achos i, meddyginiaeth amgen hylifol; a/neu: b) rhoi'r bai ar rywun arall – gan amlaf y bobol agosa atoch. Fel y gwelwch yn glir, mi wnaeth eich sgwennwr o fri fynd am opsiwn 'a' ac opsiwn 'b', er mwyn gwneud yn hollol siŵr ei fod yn gwneud cawlach gaclyd go ddifri o bethau.

Rydw i wastad wedi cael pyliau o'r felan – tynnu ar ôl Mam, a'm helpo – ond roeddwn i bob amsar yn gwybod y byddai'r pwl yn mynd heibio. Wn i ddim yn iawn be ddigwyddodd tro 'ma – gormod o bwysau yn un ochor i'r glorian debyg, a methu'n glir â chanfod fawr i'w roi yn yr ochor arall. Nid bod hynny'n esgus dros ymddwyn mewn ffordd mor annifyr tuag at Shirley – rydw i'n siŵr 'mod i wedi dweud o'r blaen y dylai hi gael ei dyrchafu'n santes am roi i fyny efo fi cyhyd. Ond roeddwn i'n teimlo fy hun yn cael fy sugno i ryw drobwll lle roeddwn i'n brifo, yn brifo tu mewn, ac yn teimlo fel petai'r diafol ei hun wedi cael gafael ynof a gwneud i mi frifo fy hun fwy byth. A rhyw bendilio rhwng bod eisiau gweiddi a sgrechian a gwneud ati i frifo pawb arall a ddôi'n agos ataf fi er mwyn iddyn nhwythau gael brifo 'run fath â fi a dallt cymaint roeddwn i'n brifo, a bod eisiau mynd ar fy nghwrcwd mewn cornel dywyll a chrio nes 'mod i'n hesb a disgwyl i Shirley ddod yno i'm cysuro a'm cofleidio.

Y peth ola rydw i ei angen ydi'r blydi llyfr coch 'na.

Roeddwn i fel plentyn ar Noswyl Nadolig wedi dod adra, plentyn oedd ddim cweit yn siŵr a oedd o'n dal i gredu mewn Siôn Corn wedi clywed y plant mawr ar fuarth yr ysgol yn siarad am y peth, ond plentyn oedd â digon o ffydd i neidio i'r gwagle a chroesi 'mysedd a gobeithio am y gorau pan ddaeth y cyfle. Ac mi gawson ni Ddolig bach neis – 'distaw', fel fydd pobol yn ei ddweud pan ydach chi'n gofyn iddyn nhw sut Ddolig wnaeth hi. Mi fydda i'n meddwl ei bod hi'n rhyfedd nad oes 'na neb byth yn dweud eu bod nhw wedi cael 'coblyn o Ddolig byddarol o swnllyd'. Ta waeth, Dolig distaw gawson ninnau. Roedd Shirley wedi ymlâdd – wedi bod wrthi fel lladd nadroedd yn y siop ers wythnosau a straen y misoedd dwetha wedi dweud arnon ni'n dau. Mi wnes i ginio digon derbyniol i ni, er 'mod i'n dweud hynny fy hun; syrthio i gysgu o flaen y teledu wnaethon ni'n dau wedyn. Ond roedd hi'n braf cael bod adra a molchi yn fy stafall molchi fy hun, a choginio a golchi llestri yn fy nghegin fy hun, a chysgu yn fy ngwely fy hun, a deffro yn y bore a chlywed Shirley'n anadlu a theimlo gwres ei chorff nesa ata fi.

I Ddinas Dinlle aethon ni ar ŵyl San Steffan – mynd am dro efo fflasg a brechdan fel mae pobol normal yn ei wneud. A llwyddo i siarad reit gall, rydw i'n meddwl, a heb ffraeo, sy'n fwy pwysig.

Tydi'r misoedd nesa 'ma ddim yn mynd i fod yn hawdd – tydw i hyd yn oed ddim yn ddigon gwirion i feddwl bod bob dim yn mynd i syrthio i'w le fel stori pawb-yn-byw-yn-hapus-am-byth-wedyn. Mae Shirley'n ôl yn y siop heddiw a finnau'n fama yn rhoi trefn ar gynnwys y bagiau duon ddois i'n ôl o'r hofal. Wedyn rydw i'n mynd i drio creu rhywbeth diddorol i de – rhywbeth diddorol sy'n cynnwys sbarion twrci. Ond bydd rhaid i mi greu mwy na swpar efo sbarion twrci – rhyw

164

fath o gynllun, *cunning plan* chwedl Blackadder ar gyfar y misoedd nesa 'ma. Na, gwell peidio meddwl felly – yr hen Trebor oedd wedi'i dallt hi efo'i 'un dydd ar y tro'. Hynny'n hen ddigon o her i mi am rŵan. Ac os na fydda i'n awdur enwog ymhen dim – rydw i'n meddwl bod gen i sbelan o waith i'w wneud ar fy *aura* cyn bydd hynny'n digwydd – go brin bod 'na yrfa ddisglair o'm blaen yn y byd *pole dancing* chwaith. Ond mi fydd yn rhaid i mi wneud rhywbeth gyda'm hamsar, neu mi fydda i wedi drysu. A siawns na fydd fawr o gymorth i'w gael ganddyn nhw yn y twll tin byd – niwsansys pur ydi pobol fel fi a'm tebyg yno, yn gwneud y lle'n flêr a chreu hafoc efo'r ystadegau. Ac a' i ddim yn ôl at y cwac diawl 'na chwaith – gobeithio bod un o'i gyd-chwaraewyr wedi'i daro yn ei geilliau efo un o'i beli golff ei hun tra oedd o ar ei wyliau, er mwyn i'r slebog gael cyfle perffaith i fesur ei *moral fibre* ei hun.

Rydw i'n gwisgo'r siwmper golff heddiw – yr un efo diemwntiau gwyrdd a brown a phinc brynodd Shirley i mi. Rydw i'n mynd i'w gwisgo p'nawn 'ma pan fydda i'n mynd lawr i'r dre i gyfarfod Shirley o'r siop tra bydd fy nghampwaith o wledd yn coginio. Ella y pryna i docyn lotri ar y ffordd – siŵr 'mod i wedi gweld rhyw hysbýs ar y teledu yn addo bod hyn a hyn o bobol yn mynd i gael eu gwneud yn filionêrs heno – ac ydw, mi ydw i'n gyfarwydd â'r gred nad ydi pres yn gwneud pobol yn hapus. Ond mi fyddai rhyw fonws bach yn help mawr i mi yn y sefyllfa sydd ohoni. Ac mi fedra i adrodd o brofiad, fel roeddan nhw'n dweud yn y seiat ers talwm, fod bod heb bres yn medru gwneud rhywun yn anhapus ar y diawl. Dim ond gobeithio y bydd Shirley'n cofio mai hi roddodd y siwmper 'ma i mi pan fydda i'n cyrraedd y siop yn edrych fel y pibydd brith.

Reit, chwynnu a thwtio cynnwys y bagiau 'ma piau hi am rŵan, neu tin-droi fydda i. Mi wna i boeni am 'fy nyfodol' ar ôl y flwyddyn newydd. Y peth pwysica o bell ffordd am rŵan ydi 'mod i yma 'nôl adra efo Shirley.

ROBAT JONES

CYNGHORYDD CWSMERIAID

jobcentreplus

canolfanbydgwaith

Hob-nobio efo'r gelyn, meddach chi? Fi *ydi*'r gelyn! Robat Jones, *numero uno* y no hopârs, y pŵr dabs sy ar y clwt ac ar y doman, yr afradlon, yr anghyflogadwy, yr anghymeradwy, y rhai sy'n ddigon powld i barhau i halogi coridorau sanctaidd y twll tin byd 'ma, heb sôn am ddifwyno'r ystadegau – er nad ydi'r rheini'n ddim mwy nag uwd o gelwyddau.

Mae'r peth yn jôc tydi? Rhywun sy wedi methu'n glir â chael hyd i waith ei hun, yn ei oed a'i amsar, yn cynghori eraill ar yr union fatar hwnnw. Fel tasa'r Pab yn penodi'i hun yn gynghorydd rhyw.

Sut bynnag, rhag i chi feddwl bod y swydd wyrthiol o wynfydedig 'ma wedi glanio ar fy nglin megis coloman o'r nefoedd . . .

Mi ges i fy hel i wneud gwaith gwirfoddol gynta – hynny ydi, os fedrwch chi alw bygwth torri'ch pres chi os na wnewch chi ufuddhau i'r cyfarwyddyd gan y rhai sy'n boddi yng nghynnwys eu waledi tewion yn wneud gwaith gwirfoddol. Doeddwn i ddim am fynd i weithio mewn siop achos da, rhag ofn i mi gael fy hel i'r un siop â Shirley. Beryg y byddwn i wedi siglo'r gwch, os nad gyrru torpido drwyddi, trwy wneud hynny – landio ar ei *patch* hi a ninnau prin wedi cael ein traed danom. Fedrwn i ddim meddwl am fynd i ymweld â chartrefi henoed – rydw i'n gwybod bod 'na gannoedd o bobol yn mynd i weld perthnasau a ffrindiau mewn llefydd felly'n selog, heb sôn am y bobol ddiflino sy'n gweithio ynddyn nhw, ond roedd o'n teimlo'n rhy agos rywsut. Temtio ffawd. Mi fûm i'n ymweld â Mam mewn cartre am sbelan, wedi colli 'nhad, a Mam yn methu ymdopi o gwbwl erbyn hynny – y genod a phawb yno'n tu hwnt o glên. Ond byddai mynd yn ôl yno rŵan – ac i gartrefi eraill – yn teimlo bron fel taswn i'n profi'r dyfroedd ar fy nghyfar i fy hun. A finnau efo neb o 'mlaen i yn y ciw erbyn hyn. Rydw i'n siŵr bod ymweliadau felly'n haws i bobol iau – tydi o byth yn mynd i ddigwydd iddyn nhw. Doeddwn i ddim haws â gwirfoddoli i ddreifio neb i nunlla – roedd y car wedi bod yn sefyll ers misoedd a does 'na fawr o dryst ynddo fo byth. A fedra i ddim gwau felly roedd arwain grŵp gwau sgwariau ddim ar y gweill chwaith. Mynd o gwmpas yn cynghori pobol ar sut i wella'r inswleiddio yn eu cartrefi oedd hi yn y diwadd – neu mi fyddwn i'n ôl efo'r *pole dancing*. Ac mi fydda'n well gen i wau blancad fyddai'n gorchuddio Sir Fôn efo dwy o'r ffyn bach 'na rydach chi'n eu cael i bigo sbinaits o'ch dannadd mewn bwytai crand na hynny bellach. Wedi bod yn bwyta'n rhy dda ar ôl dod adra, yn enwedig dros y Dolig, ac ennill rhyw bwys neu ddau – beryg y byddai'r polyn yn plygu yn ei hannar 'mond wedi 'ngweld i.

Doeddwn i ddim yn drwglecio'r gwaith – heblaw am y ffaith enbyd a dybryd 'mod i'n ei wneud o am ddim, wrth gwrs, oedd yn fy nghorddi'n gacwn. Yn enwedig pan oeddwn i'n meddwl am y pen bandits yn San Steffan a Chaerdydd oedd yn cael y syniadau 'ma i sicrhau nad ydi'r plebs yn godro'r wlad, tra oeddan nhw wrthi'n gwneud yr union beth hynny eu hunain. Ac yn gwneud yn siŵr eu bod yn gloddesta ar yr hufen mwya moethus hefyd, tra oeddan ni'n lwcus cael llymru – a hynny'n fwy nag yr oeddan ni'n ei haeddu, gan mai diawliaid diog oeddan ni i gyd yn y bôn yn llygaid y bras o bres. Ac er bod pwysigion y twll tin byd yn gwybod yn iawn eu bod yn feistri corn arnoch – dim gwaith 'gwirfoddol', dim cymun bendigaid – mae 'na fistar ar Fistar Mostyn hefyd, fel y byddai Miss Jôs Cymraeg yn ei ddweud ers talwm, er na chawson ni byth wybod pwy oedd Mistar Mostyn na pwy oedd yn fistar arno fo. Ac mae'n rhaid i bwysigion bob twll tin byd ddangos eu ffigyrau i ryw bwysigyn mwy pwysig fyth ar ddiwedd mis a dangos eu bod yn ymroi mewn modd cwbwl oruwchnaturiol i gael ffigyrau'r di-waith i lawr, trwy deg neu trwy dwyll. A does dim gwobr am ddewis yr opsiwn sy'n cael ei arfar gan amla.

Roedd rhai pobol yn haws gwneud efo nhw nag eraill, fel ym mhob man. Ambell un yn gwrthod gadael i mi roi bawd 'nhroed dros y trothwy, oedd yn fy siwtio i i'r dim oherwydd bod hwnnw'n un lle yn llai roedd rhaid i mi ymweld ag o. Ac mi ddaeth y sgyrnygu creadigol i mewn yn handi iawn pan oedd rhaid i mi roi rhyw esgusion cwbwl gyfeiliornus ar y clipbôrd i egluro pam nad oedd rhai pobol am adael i rywun nad oedd ganddo fo'n amlwg y syniad lleia am beth roedd o'n sôn – hyd yn oed os oedd ganddo glipbôrd – dros eu stepen drws. A phobol eraill yn stryffaglio o ddifri mewn hen dai nad oeddan nhw'n gallu fforddio eu hatgyweirio, a'r rheini yn gollwng bob owns o wres i'r stryd fel gogor – ambell i stryd yn gynhesach y tu allan i'r tai nag oedd hi y tu mewn iddyn nhw. A phobol hŷn a phobol efo plant mân oedd yn byw yn y rhan fwya o'r tai 'ma. Oedd, mi oedd 'na rai nad oedd arnyn nhw unrhyw awydd gwneud diwrnod o waith byth bythoedd amen, ond lleiafrif oedd y rheini. Ac roedd hi'n drueni gweld yr hen bobol oedd yn cadw'r tai fel pin mewn papur, a dim ond yn gallu cynhesu un stafall wedi hynny. A rhai o'r teuluoedd ifanc yr un fath – trio'u gorau i fagu plant mewn amgylchiadau diawledig o anodd. A finnau'n fan'no efo fy nghlipbôrd yn malu cachu am grantiau a ffurflenni ar-lein gan wybod yn iawn na fyddai gan y rhan fwya o'r bobol oedd wir angen y grantiau 'ma ddim modd o gael gafael ar y ffurflenni ar-lein bondigrybwyll, heb sôn am fod â'r egni a'r ewyllys wedi'r ymdrech feunyddiol i gadw deupen llinyn ynghyd i fynd i'r afael â nhw. Roeddwn i'n diolch ar ddiwedd bob dydd mai mynd adra at Shirley roeddwn i ac nid yn ôl i'r hofal.

Mi gefais i 'ngorfodi i fynd am gyfweliadau wedyn. Tydw i'n dal ddim yn sicr ai gwobr ynteu cosb oedd y rhain am fy ngwaith dyfal, dygn a diflino efo'r clipbôrd. Rŵan, dwedwch chi wrtha i, tasach chi'n mynd i aros mewn gwesty – gwesty gwledig, ond un sydd wedi cadw i fyny efo'r datblygiadau diweddara yn y byd lletygarwch, neu hosbitaliti fel roedd fy nghynghorydd tra-anrhydeddus yn ei alw wrth i ni geisio sbarduno fy CV llegach gyda rhywfaint o asbri cwbwl ffals ar gyfar y pantomeim 'ma – fyddai'n well ganddoch chi gael eich cyfarch a'ch tywys i'ch stafall ysblennydd efo *all mod cons* gan ŵr neu ferch ifanc hwyliog a dymunol? Ynteu gan ryw hen sinach blin hyll dros ei hannar cant sy'n methu hyd yn oed agor drws y rhagddywededig stafall efo'r cardyn plastig styfnig, ac sydd, mewn gwirionedd, yn gobeithio y cewch chi ryw fath o wenwyn bwyd ar eich union er mwyn eich cadw allan o'r ffordd gyda'ch cwestiynau twp – 'Which one's Snowdonia?' – a'ch ceisiadau hurt – 'Could you take a photo of us both with those lovely sheep in the background?' – gydol eich arhosiad? Er i mi ddangos brwdfrydedd dros hosbitaliti oedd, wrth edrych yn ôl, yn ymddangos, mae'n debyg, fel tasa fo'n ffinio ar y seicotig, chefais i mo'r swydd, er syndod i un ac oll. Ac er 'mod i'n gwybod mai'r unig reswm roeddwn i yno oedd er mwyn i rywun yn rhywle gael ticio bocs oedd yn dweud bod person oedd dros hannar cant ymysg y cyfweledigion, roeddwn i wedi cynhyrfu fel wyddwn i ddim be ymlaen llaw, yn gorfod wynebu pobol a cheisio gwneud rhyw sioe a dangos brwdfrydedd a gwenu fel giât nes bod fy ngên i'n brifo pan ddes i o'no. Dyna sut y bu i mi ddangos gorselogrwydd y byddai Helena wedi ymfalchïo ynddo, mae'n rhaid. Taswn i wedi bod yn groenddu ac efo coes bren, mae'n debyg y byddwn i wedi cael mwy fyth o groeso – ond nid y swydd – oherwydd y byddai'r ticiwr bocsys wedi cael ticio tri bocs ar yr un pryd. Bu bron i mi awgrymu hynny ar gyfar y cyfweliad nesa, ond doeddwn i ddim yn gwbwl sicr y byddai fy noethineb yn cael ei werthfawrogi yn y twll tin byd.

Mae'n amlwg 'mod i wedi bod yn fwy o giamstar efo'r clipbôrd nag yr oeddwn i, hyd yn oed, wedi'i dybio – cyfweliad am swydd yn trio perswadio pobol i ymuno efo'r AA oedd nesa. A naci, nid yr AA yna – go brin y byddai'r rheini'n f'ystyried yn esiampl i affliw o neb – yr AA sy'n addo eich achub o enau rhagluniaeth tasa'ch car chi'n torri lawr yng nghanol yr M6 neu yng nghanol nunlla fel ei gilydd. Wn i ddim pam na chefais i'r swydd honno – cyn belled ag y medra i ddwyn i gof, bob tro mae rhywun wedi trio 'mherswadio i i ymuno efo'r AA, rhyw sinach blin hyll dros ei hannar cant ydi o. Ella fod y ffaith 'mod i wedi dweud bod y *subs* yn rhy ddrud i mi fedru fforddio bod yn aelod o'u clwb dethol wedi eu hypsetio nhw. Neu ella mai jyst wedi gwneud gormod o ymdrech y diwrnod hwnnw oeddwn i ac wedi ymddangos yn rhy swyngyfareddol. A'u bod nhw'n ofni y byddwn i wedi dallu'r *punters* efo'm hudoliaeth ddiamheuol ac y byddai'r rheini i gyd yn crefu am gael ymuno efo'r Robat Jones *fan club* yn hytrach na'r hybarch AA.

Does ond diolch 'mod i'n ôl adra efo Shirley. Mae hi wedi

bod yn gefn i mi trwy'r misoedd dwetha 'ma – tydw i ddim yn meddwl y byddwn i wedi medru delio efo'r lol botsh gwaith gwirfoddol a'r cyfweliadau di-fudd 'na hebddi hi. Heb sôn am y swydd gac 'ma rydw i wedi cael fy mendithio efo hi rŵan. A dweud y gwir, tydw i ddim yn siŵr ai gwobr ynteu cosb ydi hon chwaith – rydw i'n meddwl 'mod i yma oherwydd nad oeddan nhw'n gwybod be arall i'w wneud efo fi. Ella 'mod i yma i gymryd lle'r cynghorydd 'na welais i gynta un – yr un ddiflannodd – ella'i fod o wedi cloi'i hun yn y cwpwrdd papur a beiros, a chan fod bob dim 'ar-lein' erbyn hyn, ella'i fod o'n dal yno, wedi gwledda ers misoedd ar *Post-it notes* ac inc o'r beiros. Gyda llaw, rhag ofn bod amball un ohonoch – sy â llawar iawn gormod o amsar ar eich dwylo – yn dal i ddyfalu, tydw i byth wedi darganfod be ydi'r *plus*. Yn bersonol, tydw i heb ganfod unrhyw *plus* yn agos i'r lle. Mae'r rhan fwya o'r gweithwyr yn ddigon clên yma, heblaw am y *go-getter*. Tydi o byth wedi *go-get* i rywle gwell ac mae o'n amlwg yn dal i gredu bod cael ein saethu'n rhy dda i ni hen gojars sy'n dal i feddwl y medrwn ni fod o fudd yn y byd. Rhyw le digon dienaid ydi o – pawb yn cael hasl oddi fry, gan y pwysigion, a gan bobol sy'n digio wrth gael eu hwrjo i wneud gwaith gwirfoddol am eu cymun neu eu stwffio i drio am swyddi maen nhw'n orgymwys ar eu cyfar. Ond am y *plus* – choelish i fyth. *Canolfanbydgwaith* ydi'r lle yn iaith y nefoedd – nid twll tin byd yn rhyfadd iawn – ond tydi'r lle'n ddim byd tebyg i unrhyw ganolfan y byddwn i eisiau ymweld â hi, ac yn sicr tydi o ddim yn cynrychioli unrhyw fyd y byddai unrhyw un sydd heb golli'r awydd i fyw eisiau byw ynddo, a chydig iawn, iawn o waith sydd i'w gael yma. Rydw i'n cael fy nhemtio i riportio'r lle dan y *Trades Description Act* ar y tri chyfrif. Gwell i mi ddal arni nes bydda i'n nes at oed ymddeol – o drwch blewyn mae gen i swydd o gwbwl. A tydw i ddim am ypsetio Shirley.

Mi fydda i'n trio cadw'r pethau bach doniol sy'n digwydd o ddydd i ddydd mewn cof i'w hadrodd wrthi hi wedi mynd adra. Ac mi fydda i'n trio cyfri 'mendithion a pheidio chwydu fy holl ddig a rhwystredigaeth ar Shirley fel y nawfed don. A fydda i ddim yn cymryd mwy na rhyw wydraid neu ddau o win gyda'r nos, neu wisgi bach. Fel y gwnes i ddarganfod yn yr hofal, rhesymeg gac ar y diawl ydi rhesymeg un neu ddau yn gwneud i rywun deimlo'n well, felly potelaid neu ddwy yn gwneud i rywun deimlo ganmil gwell – un neu ddau yn codi calon ella, ond mwy na hynny ac mi eith hi'n horlics yn handi ar y naw. Mae Shirley'n fy nabod yn hen ddigon da i wybod 'mod i'n ei chael hi'n anodd ar brydiau – malu cachu efo pobol debyg iawn i mi fy hun am ypdêtio'u CV a mynd ar gyrsiau a sgiliau trosglwyddadwy, gan wybod yn iawn nad oes 'na ddiawl o ddim iddyn nhw drosglwyddo'r sgiliau iddo fo yn fama, ac mai sioe ydi'r cwbwl. Ond fel fydd Shirley'n ddweud, taswn i ddim yn ei wneud o, mi fyddai rhywun arall, ac o leia rydw i'n dallt sut mae pobol yn teimlo, o fod wedi bod yn y gwch ddrylliedig honno fy hun.

Mae Hefo a Heb yn tyfu, diolch i chi am holi – yn ara deg ar y diawl, ond tyfu maen nhw. Tydw i ddim yn sicr ble mae fy *aura* – bydd yn rhaid i mi gofio sbio yn y cwpwrdd papur a beiros ddydd Llun, rhag ofn ei fod o'n fan'no'n cadw cwmni i'r colladur.

A heno rydw i'n mynd â Shirley allan am swpar i ddathlu pen-blwydd ein priodas. Rydan ni wedi bod yn briod ers wyth mlynadd ar hugain heddiw. Chwe mis yn ôl fyddwn i byth wedi meddwl y byddwn i yma efo Shirley o gwbwl, heb sôn am fod yn dathlu ein pen-blwydd priodas. Roeddwn i yn yr hofal 'na'n meddwl siŵr 'mod i wedi piso ar 'yn tships unwaith ac am byth.

Roeddwn i'n mynd i wisgo'r siwmper golff heno – yn ffodus, mae hi wedi rhoi 'chydig bach yma ac acw i wneud lle i'm bloneg ychwanegol ac rydw i'n byw a bod ynddi hi dyddiau 'ma – yn union fel y mae babanod, yn ôl y sôn ymysg y rhai sy'n gwybod am y pethau 'ma, yn cymryd at ryw ddarn o flancad fel cysur ac yn gwrthod yn lân ei ollwng – ond mae Shirley wedi prynu gwasgod i mi. Un goch, debyg iawn i'r un oedd gen i pan briodon ni, honno rwygodd tra oeddan ni ym Mharis – 'mond bod hon dipyn mwy, wrth gwrs, dipyn go lew yn fwy, trwy lwc. Digon mawr i beidio â rhwygo, gobeithio. Felly hon fydda i'n ei gwisgo heno i fynd â'm gwraig allan am swpar. A rŵan, gan ei bod yn b'nawn Sadwrn, a 'nhraed i'n rhydd o gadwyni gormesol y twll tin byd, rydw i'n mynd i brynu potal o siampên a'r tusw mwya o flodau fedrith y dre 'ma ei greu. Ac rydw i'n mynd i'r siop efo'r botal siampên a'r tusw mwya o flodau fedrith y dre 'ma ei greu. Ac rydw i'n mynd i roi sws fawr i Shirley yno yng nghanol y cwsmeriaid a chodi'r cywilydd mwya arni hi. Ac mi ddylai Ann fod yno erbyn hynny – rydw i wedi gofyn iddi hi'n slei bach a wneith hi ddod mewn p'nawn 'ma ac aros i gloi a ballu – ac rydw i'n mynd i dywys Shirley adra.